KB237081

나이트킹 *Knight King*

이모탈 판타지 장편 소설

FUSION FANTASTIC STORY

나이트 킹 6

이모탈 판타지 장편 소설

초판 1쇄 찍은 날 § 2013년 6월 14일
초판 1쇄 펴낸 날 § 2013년 6월 20일

지은이 § 이모탈
펴낸이 § 서경석

편집부장 § 권태완
편집책임 § 어정원
디자인 § 이혜정

펴낸곳 § 도서출판 청어람
등록번호 § 제1081-1-89호
등록일자 § 1999. 5. 31
어람번호 § 제1-1618호

주소 § 경기도 부천시 원미구 심곡2동 163-2 서경B/D 3F (우) 420-822
전화 § 032-656-4452팩스 § 032-656-4453
http://www.chungeoram.com
E-mail § chungeorambook@daum.net

ⓒ 이모탈, 2013

ISBN 978-89-251-3323-2 04810
ISBN 978-89-251-3182-5 (세트)

CONTENTS

CHAPTER
01
전후처리

Knight King

　대바이큰 왕국과의 전쟁이 끝이 났다. 히르센 왕국과 이스턴 왕국이 서로 제국의 후신인 양 복수를 운운하며 혹은 과거의 청산을 운운하며 거창하게 전쟁을 일으켰지만 결국 전쟁의 중반에 무슨 이유에서인지 슬그머니 꼬리를 말았고, 그 가운데 누구도 예상치 못한 폴라리스 왕국이 바이큰 왕국의 대전사를 죽이고, 바이큰 국왕을 죽였으며, 그들의 심장인 수도에 검을 꽂고 폴라리스 왕국의 깃발을 휘날렸다.

　또한, 전쟁 중에 수많은 기사들과 용병들 그리고 몰락한 귀족들이 폴라리스 왕국으로 몰려들었고, 가장 특이한 것은 바

로 장미의 기사라 불리는 테레지아 백작의 벽보에 남자 못지
않게 뜨거운 가슴을 지녔던 여성들의 대거 이동이었다.

그 누구도 상상하지도 않았던 결과.

그 결과에 이스턴 왕국과 히르센 왕국은 가히 좋지 않은 눈
빛으로 폴라리스 왕국을 바라보게 되었다. 그 연유는 바로 전
력의 근간인 여성들의 성향이 점점 폴라리스 왕국을 지지하
는 성향으로 바뀌고 있었기 때문이었다.

여성 귀족들.

귀족가의 여식들.

그들은 지금까지 정략적인 존재이지 일개인으로 평가되지
않았다. 가끔은 그 사상을 뒤집어엎는 대단한 마법사나 기사
들이 나타나기도 하였으나 그들은 그저 한 시대를 풍미한 후
모래에 스며드는 물처럼 역사서의 한쪽 귀퉁이를 장식할 뿐
이었다.

역사는 승자의 역사이고, 역사는 남성의 역사였기 때문이
었다.

그런데 그러한 모든 것을 뒤집어엎는 결과가 도래했다.

마리아 테레지아 백작.

그리고 그녀를 전폭적으로 지지하고 있는 폴라리스 왕국
의 국왕인 베르누크 아이젠 국왕.

거기에 하나 더.

바로 히르센 제국을 무너뜨리고 히르센 왕국과 이스턴 왕국의 공격을 견실히 막아냈을 뿐 아니라 개전 초기 그들을 몰아붙이기까지 했던 바이큰 왕국을 무너뜨린 제국의 사생아인 북부의 왕국.

게다가 이제는 히르센 제국의 뒤를 이은 폴라리스 제국이라 부르는 이까지 생겨나기 시작했다.

과거 같았으면 무시하고 업신여겼을 폴라리스 왕국을 폴라리스 제국이라고까지 하는 이유는 다름 아닌 하나의 소문 때문이었다.

물론, 바이큰 왕국을 무너뜨리며 드러난 그들의 절대적인 전력도 있지만 결정적으로 그들을 히르센의 새로운 후신이라고 할 소문은 바로 히르센 제국의 삼황자가 살아 있다는 것이었다.

그것도 폴라리스 왕국의 왕위 계승권을 가진 일왕자로 말이다.

처음 그 소문이 돌았을 때 사람들은 코웃음 쳤다. 말도 안 되는 것이었기 때문이다. 바이큰족이 황도를 점령할 당시 모든 황족은 죽음을 당했다.

또한, 그 이전 제국의 혼란이 극에 달했을 무렵 서로 죽이지 못해 안달하던 시절 수많은 충의지사와 왕족이 죽어나갔다. 그 피비린내 나고 서슬 퍼런 와중에 당시 겨우 열 살이었던 삼황자가 살아남았을 리가 없기 때문이었다.

그 당시 삼황자의 외할아버지인 구데리안 후작은 운신의 폭이 그리 넓지 못하고, 항상 견제를 받고 있었던 시기인지라 눈에 넣어도 아프지 않을 외손자를 살필 겨를조차 없었음은 그저 눈 감고 귀 닫은 자들마저도 아는 사실이었다.

그런데 그러한 삼황자가 살아 있다고 한다. 기실 삼황자는 일황후의 소실로 이황자였으나, 권력 싸움과 암투 그리고 귀족들의 패악이 극에 이르러 이황자임에도 불구하고 삼황자가 되어야만 했다.

그런 비운의 삼황자가 살아 있었다. 대륙의 사람들은 믿지 않았다. 말도 안 된다 했다. 하지만 서서히 그 소문에 대한 진실이 밝혀지기 시작했다. 그 소문에 대한 진실 역시 소문이었다.

누가 어떻게 시작하고 어디서부터 시작된 소문일지 모르나 상당히 신빙성 있게 소문이 나기 시작했다. 그리고 그 소문의 진상을 밝히기 위해 많은 제국의 유신들이 폴라리스 왕국으로 몰려들었다.

제국은 망했으나 아직 제국을 생각하는 자들은 남아 있던 탓일 것이다. 때문에 제국의 후신이라고 떵떵거리던 이스턴 왕국이나 히르센 왕국은 모두 닭 쫓던 개 신세가 되고 말았다.

이스턴 왕국은 과거 제국의 황도를 점유하여 관리하고 있었기에 제국의 후신이라는 명분을 내세웠고, 히르센 왕국은 과거 황궁에서 죽은 제국의 일황자의 손에 쥐어졌던 사용 인장을 득하여 정통성을 주장하였다.

그에 아직도 히르센 제국을 잊지 못하는 유신과 기사들은 취향에 맞게 자신의 생각에 맞는 왕국으로 발걸음을 돌렸고, 그러한 사람들이 모여 바로 이스턴 왕국이 되었고, 히르센 왕국이 되었다.

히르센 왕국과 이스턴 왕국.

그들은 지금 심각한 고민에 빠져들고 있었다.

히르센 왕국의 구중심처.

밝게 빛나는 태양이 있음에도 불구하고 실내의 공기는 무겁기 그지없었다.

"상황을 정리해 볼 필요가 있지 않을까 하네."

"……."

길고 긴 회의석상.

좌우로 50명씩. 무려 1백 명이 동시에 회의를 할 수 있는 거대한 대회의실의 회의석상에 단 두 명만이 앉아 있었다.

무겁게 내려앉은 목소리가 마치 어둠을 부유하는 고스트처럼 넓은 대회의실을 우렁우렁 울렸다.

"질문이 잘못되었던가?"

"아니… 옵니다."

"군사의 생각을 듣고 싶군."

두 명.

그들은 히르센 왕국의 국왕인 로드리게스 국왕과 히르센 왕국의 군사인 로버트 오펜하이머 후작이었다.

침중한 얼굴로 무언가 깊이 생각하는 오펜하이머 후작이었다. 그러한 오펜하이머 후작의 얼굴을 역시 굳은 표정으로 바라보는 로드리게스 히르센 국왕이었다.

"질문을 나누어서 하도록 하지. 우선은 돌아가는 정세를 듣고 싶군."

또다시 재촉하는 로드리게스 히르센 국왕의 질문에 마지못해 고개를 주억거리며 오펜하이머 후작의 입이 서서히 열렸다.

"결과적으로 소신의 판단이 잘못되었사옵니다. 아국은 폴라리스 왕국을 너무나도 모르고 있었사옵니다. 적을 과대평가함도 옳지 않으나 과소평가 또한 옳지 않음인 바 소신은 적을 과소평가했사옵니다."

"그것은 후작만이 아닐 것이네. 후작이 신이 아닌 이상 판단에 분명 오류가 생길 수 있을 것이라 판단하네. 물론, 그것은 짐의 개인적인 생각일 뿐. 아국 전체의 모든 대소사를 관통하는 후작의 입장에서는 분명 실패에 대한 책임을 물을 생각이네."

로드리게스 국왕의 냉정한 말을 인정하는 오펜하이머 후작이었다. 자신은 히르센 왕국의 두뇌다. 재상도 있고, 각 부처의 장이 있으나 그들마저도 자신의 총괄한다 할 수 있었다.

일인지하 만인지상의 위치에 있는 자신이기에 그 책임감은 이루 말할 수 없을 정도로 크다고 할 수 있었다. 입이 백 개가 있어도 할 말이 없음은 분명하였다.

"하나, 그동안의 공으로 후작의 이번 실수를 상쇄시키고자 하네. 두 번 다시 이런 실수를 범하면 아니 될 것이네. 또다시 이러한 중차대한 실수가 있을 시에는 짐이 직접 후작을 내쳐야 함임을 알고 있을 것이네."

"성은이 하해와 같사옵니다."

오펜하이머 후작은 의자에서 일어나 허리를 직각으로 꺾었다. 하나뿐인 목숨을 구함받았다. 몇 수십 년을 함께한 로드리게스 국왕이나 공은 공이고 사는 사일 뿐.

그 이상도 그 이하도 아님을 오펜하이머 후작은 알고 있었다. 아니 어쩌면 지금의 상황은 로드리게스 국왕의 입장에서 상당한 정치적 충격을 감수하고 오펜하이머 후작의 손을 들어주었다고 할 수 있었다.

"되었고 군사의 말을 듣도록 하겠네."

　로드리게스 국왕은 자신의 말만 한 후 오펜하이머 후작의 말을 끊었다. 아니, 이것은 오히려 오펜하이머 후작을 배려하는 것과 같았다. 실수를 했을지언정 히르센 왕국을 세운 일등공신은 바로 오펜하이머 후작이었기 때문이다.

　그리고 오펜하이머 후작만큼 뛰어난 사람이 드물었고, 오펜하이머 후작은 로드리게스 국왕이 생각하기에 왕국을 망하기 이전까지는 그 어떤 실수가 있어도 같이 가야 할 사람이었기 때문이다.

　"이번 전쟁으로 폴라리스 왕국의 군사력은 그 병력의 한계에도 불구하고 삼국 중 가장 강한 것으로 판단되옵니다. 가장 관심을 가져야 할 부분은 바로 폴라리스 왕국군의 마법 전력이라 할 것입니다."

　"마법이라……."

　로드리게스 국왕은 생각에 잠겼다.

　마법 전력.

　그것은 실로 무서운 결과를 가져왔다.

　지금껏 마법을 전력화하려 하지 않은 것은 아니었다. 하지만 전력화하지 않았다. 왜냐하면 저서클의 마법사를 두어봐야 그리 큰 도움이 되지 않을 것 같았기 때문이었다.

　또한, 결정적으로 그동안 전쟁이 너무 없었기에 마법에 대한 인식의 부족이 가장 큰 몫을 담당했다. 그저 후방에서 병력을 지원하는 임무 외에 특별할 게 없었던 마법이니 그도 그 럴 만했다.

히르센 제국이 세워진 이래로 마법은 쇠퇴하고, 전통 기사 들의 득세로 인하여 상대적으로 평가절하되었던 마법 전력이 이번 폴라리스 왕국과 바이큰 왕국 간의 전쟁에서 그 존재감 을 여실히 드러내었기에 병력의 대부분을 차지할 정도로 기 사의 비중이 높았던 히르센 왕국으로서는 실로 답답한 형국 이 될 수밖에 없었다.

"너무 실망하시지 않으셔도 되옵니다. 비록 아국이 기사의 비중이 높다 하나, 과거 제국 마탑에 몸담고 있던 상당수의 마법사들이 아국에 존재하는 바 이제부터라도 그들을 잘 활 용하면 될 것이옵니다."

마치 로드리게스 국왕의 근심을 알기라도 하듯이 적절하 게 답을 내어놓는 오펜하이머 후작이었다. 하지만 그의 말에 도 굳어진 얼굴이 쉽게 펴지지 않는 로드리게스 국왕이었다.

"하나, 시간이 없음이네. 폴라리스 왕국이 과연 우리를 기 다려줄지 말이지."

그렇게 말한 로드리게스 국왕은 빤히 오펜하이머 후작을 바라보았다. 답을 요구하는 것이었다. 또한, 뻔한 말은 하지 말라는 것이기도 했다.

"기다려주도록 만들면 되옵니다."

"어떻게?"

"폴라리스 왕국에 대하여 적대적인 상황은 아국만이 아님을 아실 것이옵니다."

그러했다.

히르센 왕국은 물론 그동안 폴라리스 왕국에 대하여 히르센 왕국보다는 조금 더 유화적인 정책으로 일관했던 이스턴 왕국 역시 갑작스럽게 커져 버린 폴라리스 왕국의 위상과 국력에 적잖이 당황하고 있었다.

아니 당황하고 있는 것이 아니라 그들은 히르센 왕국만큼이나 골머리를 앓고 있음이 틀림없었다. 그것은 누구나가 예상할 수 있는 정황의 전개이니 말이다.

"그것은 알겠는데… 방안이……."

말끝을 흐리는 로드리게스 국왕의 행동에 오펜하이머 후작은 가볍게 숨을 들이켜 주변을 환기시켰다. 그에 로드리게스 국왕 역시 신중한 표정이 되었다.

"심판자들을 폴라리스 왕국에 투입시켰으면 하옵니다."

"흐음, 심판자들이라……."

심판자.

히르센 왕국의 양대 특수 무력이라 하면 파괴자와 심판자가 있었다. 지금껏 딱 한 번 공식적으로 등장했으나 그 공식적인 등장 역시 베일에 가려진 존재들.

어느 왕국이나 지니고 있는, 왕가 최후의 힘이라 할 파괴자와 심판자.

"그들을 어찌 활용하려 하는가?"

"과거 제국의 황도 탈환 작전시에 이스턴 왕국의 국왕은 암영과 흑기사를 활용했다고 하옵니다."

"알려진 것인가?"

"물론 아국의 정보국에서 파악한 내용은 그 두 세력의 이름 정도뿐이옵니다. 하지만 그 하는 역할이 아국의 파괴자와 심판자들과 다르지 않을 것이라는 예상이옵니다."

"흐으음."

톡. 톡.

오펜하이머 후작의 말에 말없이 탁자를 톡톡 두드리는 로드리게스 국왕이었다. 자신들에게도 비밀 전력이 있는데 이스턴 왕국이라 해서 없을 이유는 없다.

문제는 그것이 아니라 왜 오펜하이머 후작이 암살, 교란 및 정보 수집의 목적으로 만들어진 심판자를 폴라리스 왕국에 잠입시키려 하느냐는 것일 게다. 하지만 로드리게스 국왕의 침묵은 오래가지 않았다.

심판자의 활용의 방법이 확실한 만큼 폴라리스 왕국에 잠입시키려는 이유는 바로 암살과 교란일 것이다. 물론 정보 수집까지 함께 말이다. 하지만 암살은 조금 어려울 성싶다.

왜냐하면 폴라리스 왕국의 드러난 전력으로는 7서클의 대마법사와 마스터가 자그마치 세 명이었다. 그러한 곳을 비집고 들어가 암살한다는 것 자체가 난해하기 이를 데 없음을 잘 알기 때문이었다.

결론은 바로 교란일 것이다.

교란이라 하면?

"설명이 필요할 것 같네."

"그들은 폴라리스 왕국에서 죽을 것이옵니다. 물론 히르센 왕국의 왕국민으로서가 아니라 이스턴 왕국의 특수 임무를 띤 요원으로서 말이옵니다."

순간 로드리게스 국왕의 입매가 묘하게 일그러졌다. 오펜하이머 후작의 속내를 알겠다는 것이었다. 하지만 결코 크게 소리 내어 웃지 않았다.

"그들이 속아줄까?"

"기실 폴라리스 왕국 내에는 수많은 정보원이 있사옵니다. 물론, 폴라리스 왕국에서도 잘 알고 있을 것이옵니다. 어쩌면 아국이 생각하는 이상으로 더 많은 것을 파악하고 있을지도 모르옵니다."

"그래서?"

오늘따라 유난히 말이 짧은 로드리게스 국왕이었다. 그것은 그만큼 작금의 상황이 쉽지 않다는 사실을 의미하고 있는 것이었고, 마스터에 오른 로드리게스 국왕임에도 불구하고 긴장하고 있다는 것을 의미했다.

"아시겠지만 아국은 이미 오래전부터 이스턴 왕국의 정보 요원을 포섭하거나 혹은 잠입시켜 놓고 있사옵니다. 그들을 활용한다면, 아니 그들이 아니라 하더라도 그동안 아국과 일정 관계를 유지해 온 자들에게 부탁한다면 신분 조작쯤은 문제없을 것이 사료되옵니다."

"방법론이 아닌 그들을 어찌 활용할 것이냐는 질문이네만."

여전히 무심하게 핵심을 찌르는 로드리게스 국왕이었다. 그러함에도 오펜하이머 후작은 어떠한 동요조차도 보이지 않고 다음 말을 이었다.

"폴라리스 왕국은 과거 제국 시절 3천에 이르는 황궁 죄수가 있사옵니다. 한데 그들 모두가 폴라리스 왕국에 적극적으로 동참하고 있는 것은 아니옵니다. 그러한 그들 중 겉은 적극적이나 내면은 지독한 반감을 가진 이가 있사옵니다."

"호오~"

그제야 조금 관심을 가지고 의자에 묻었던 상체를 일으켜 세우며 허리를 펴는 로드리게스 국왕이었다.

"반란인가?"

"그 반란을 반란으로만 끝을 내서는 아니 될 것이옵니다.

바로, 그 반란의 배후를 이스턴으로 만들어야 할 것이옵니
다.”

“쉽지 않을 터인데?”

“전략을 수립함에 있어 혹은 적의 내부를 흔듦에 있어 쉬
이 이루어지는 것은 아무것도 없사옵니다.”

“하긴…….”

마음에 들었는지 흡족한 얼굴로 다시 상체를 의자에 묻는
로드리게스 국왕이었다. 이번 일이 잘된다면 시간을 벌 수 있
었다. 내분과 이스턴이 한꺼번에 폴라리스 왕국을 교란하는
동안 자신은 차분히 서부의 남쪽부터 진군해 들어가면 된다.

아무래도 본국과 멀어진 서부의 남쪽 지역. 본국의 힘이 닿
기에는 너무 멀다. 그렇다는 것은 명령계통에 혼란이 야기될
것이고, 결국 승리는 히르센이 거머쥘 가능성이 높았다.

“좋군. 그대로 행하게.”

“명을 따르옵니다.”

그렇게 히르센 왕국에서 이스턴을 이용한 분란책을 마련
할 즈음 이스턴 왕국 역시 이스턴 왕국의 밀리예프 국왕과 왕
국 유일의 공작인 어니스트 멘테스 경이 마주 앉아 있었다.

“난감하군.”

히르센과 다르지 않게 역시 딱딱하게 굳은 얼굴과 침중한

목소리가 새어 나왔다. 근래 들어 10년은 더 늙어 보이는 밀리예프 국왕의 목소리였다.

"소신의 패착이옵니다."

"쯧, 실수는 누구나 있는 법. 지금은 실수를 탓할 계제가 아니오. 작금의 상황에 대하여 더욱더 면밀하게 살피고 앞으로 아국의 행보를 정해야 할 것이오. 그리해서 짐은 공작을 독대하는 것이고 말이오."

"성은이 하해와 같사옵니다."

밀리예프 국왕의 말에 멘테스 공작은 길게 읍을 했다. 언제나 믿어준다. 작은 실수도 아니건만 그것조차 덮고 여전히 자신을 신뢰한다는 것은 어쩌면 밀리예프 국왕이 멘테스 공작에게 보일 수 있는 최대의 것일 터다.

그것을 알고 있는 멘테스 공작이기에 충심으로 허리를 숙이는 것이었다. 그렇게 길게 읍을 한 멘테스 공작은 잠시간의 시간을 두고 자리에 앉아 자신의 생각을 정리하였다.

그리고 이윽고 멘테스 공작의 입이 열렸다.

"이미 폴라리스 왕국과의 관계는 돌이킬 수 없게 되었사옵니다. 이에 수세적이고 유화적인 입장에서 공세적이고 적대적인 입장으로 돌아서야 할 것이옵니다."

"그들을 완벽하게 적으로 돌리자는 것이오?"

"당면한 상황을 모면하기 위해서이옵니다. 작금의 상황에

북부와 직접적인 국경을 접하고 있는 아국은 크나큰 위기라
할 것이옵니다. 이에 히르센과의 혈맹까지 염두에 두어야 할
것이옵니다."

"혈맹이라……."

잠시 대화가 끊어졌다. 깊은 생각에 빠져 있는 밀리예프 국
왕을 그저 말없이 지켜보고 있을 따름이었다. 멘테스 공작도
역시 그러하였지만 밀리예프 국왕도 생각을 정리할 시간이
필요하였다.

난마처럼 얽히고설킨 현 시국을 타개하자면 참모장인 자
신의 조언도 중요하지만 그것을 받아들이고 결정하는 국왕의
역할 역시 매우 중요하기 때문이었다.

"히르센이 원조를 해줄 것 같으시오?"

"이가 없으면 잇몸이 시린 법이옵니다. 그들은 필시 아국
을 충동질하여 폴라리스 왕국과 일전을 치르게 하기 위해서
라도 반드시 원조를 할 수밖에 없을 것이옵니다."

"그들의 수를 알고 있음에도 정히 그리해야 하는 것이오?"

심각하게 굳어진 채로 밀리예프 국왕이 되물었다. 마음에
들지 않는 탓이었다. 결국 전쟁을 하지 않을 수는 없겠으나
자국도 아닌 타국에게 이득을 가져다주기는 싫었기 때문이
다.

"폴라리스 왕국은 아국뿐만 아니라 이미 히르센 왕국에게

도 위협적인 존재가 되었사옵니다. 비록 히르센 왕국이 폴라리스 왕국과 면하고 있는 국경이 한정적이라고는 하나 아국이 무너져 내림은 그 강대한 힘을 오로지 홀로 감당해야만 하는 것을 그들은 아옵니다."

그러했다.

히르센 왕국은 멍청하지 않았다. 아니, 오히려 영악할 정도로 실리를 챙기는 편이다. 오죽했으면 제국을 이었다는 정통성이 있음에도 불구하고 바이큰 왕국과의 전쟁에서 손을 놓았겠는가 말이다.

그러한 그들이 아무리 계책을 획책한다 하여도 이스턴이 무너지는 것은 절대 바라지 않을 것이다. 지금의 위협적인 폴라리스 왕국보다 힘을 길러 동등한 위치의 이스턴과 맞붙는 편을 더 선호할 것이 확실했다.

"아국이나 히르센이나 전쟁을 일으키기에는 지금이 최적기임을 알고 있사옵니다. 기존의 폴라리스 왕국의 영토만큼이나 넓어진 영토와 아직 산발적으로 저항하고 있는 바이큰 왕국의 유신들, 결국 아직 대내적인 문제 때문에 대외적인 상황을 살펴 볼 겨를이 없는 지금이 가장 적기입니다. 그러함에도 불구하고 독단적인 전쟁 수행 능력을 볼 때 폴라리스 왕국의 전력은 지극히 부담스럽다는 것을 알고 있사옵니다."

저도 모르게 고개를 주억거리고야 마는 밀리예프 이스턴

왕국의 국왕. 백번 옳은 말이었다. 하지만 그러함에도 불구하고 결코 폴라리스 왕국과 척을 지고 싶지는 않았으나 이미 상황은 자신만의 생각을 관철하기에는 너무도 좋지 않았다.

"짐은 아직도 폴라리스 왕국과 척을 지고 싶다는 생각은 없소. 짐이 무슨 말을 하는지 공작께서는 잘 아실 것이라 생각하오. 꼭 그리해야만 하겠소?"

"그리해야만 하옵니다."

"어찌 그렇소."

내친 김에 물어가는 밀리예프 국왕이었다. 폴라리스 왕국의 국왕은 예전부터 보아 온 이였다. 하지만 지금은 사적인 감정에 치우쳐 폴라리스 왕국과 척을 지고 싶지 않다는 것이 아니었다.

밀리예프 국왕은 솔직히 무서웠다. 욱일승천하는 폴라리스 왕국의 기세가 무서웠고, 과거에 이미 마스터의 반열에 올라있던 폴라리스 왕국의 현 국왕이 무서웠고, 그렇게 막강한 전력을 가지고 있음에도 불구하고 굳이 전쟁을 걸지 않고 스스로 안주하고 있음에 무서웠다.

"어차피 폴라리스 왕국은 넘어야 할 산과 같사옵니다. 다만, 과거에는 그저 언제든 갈 수 있는 드넓은 초원이었다면 이제는 도저 그 깊이와 높이를 알 수 없는 깊고 깊은 산과 같사옵니다. 언젠가는 넘어야 할 산. 하면, 그 산이 더 높고 더

깊고 더 험해지기 전에 산을 넘어야 하지 않겠사옵니까?"

"끄으음."

결국 참담하게 앓는 소리를 내는 밀리예프 국왕이었다. 하지만 그러한 침중함과 참담함은 오래가지 않았다. 밀리예프 국왕은 이내 결의를 다지는 듯한 얼굴로 멘테스 공작에게 물었다.

"하면 아국은 이제 어찌해야 하오?"

이것이 밀리예프 국왕의 장점이었다.

결심한 후에는 절대 뒤를 돌아보지 않았다. 그것이 옳은 결정이었든 그른 결정이었든 말이다. 그것은 그를 보필하는 참모들이나 혹은 기사들 그리고 귀족들에게도 커다란 이점으로 작용하고 있음은 말할 것도 없다.

"얻어낼 수 있는 모든 것을 최대한 얻어내는 것이 가장 중요하옵니다. 어찌 되었든 그들은 아국을 폴라리스 왕국과 맞서 싸우게 할 계책을 마련 중일 것이옵니다. 물론, 그 계책이 없다 하더라도 아국은 폴라리스 왕국과 더 이상 동맹으로서 같이 갈 수 없는 입장임은 분명하옵니다."

"결국 이렇게 되고 마는군."

"어쩔 수 없는 시대의 흐름이옵니다."

시대의 흐름.

아직 전쟁의 시대는 끝나지 않았음이었다. 멘테스 공작의

말에 씁쓸한 표정을 한 밀리예프 국왕은 혼잣말처럼 중얼거
렸다.

"나이젤 후작이 펄쩍 뛰겠군."

시리우스 나이젤 후작. 과거 폴라리스 왕국으로 사신으로
갔다 마스터가 되어서 돌아온 이스턴 왕국의 유일한 공식적
인 마스터인 자. 나이젤 후작은 사신단에서 복귀하자마자 백
작에서 후작으로 승작되었으며, 그와 함께 대표적인 친폴라
리스 왕국파였다.

하지만 그는 태생이 기사.

폴라리스 왕국에 적극적으로 동조하기는 하지만 결코 밀
리예프 국왕을 배신하지는 않았다. 명을 내리면 그 명을 기꺼
이 수행할 자가 바로 나이젤 후작이었으니 말이다.

"하면, 앞으로 아국 역시 많이 바빠지겠구려."

"그러하옵니다."

그 말을 끝으로 대화는 이루어지지 않았다. 서로 각자의 깊
은 심중을 헤아리기 바쁜 탓일 수도 있을 것이다.

이곳은 또 다른 왕궁.

바로 폴라리스 왕국의 왕도의 왕궁의 대회의실.

상당히 큰 회의실임에도 불구하고 대회의실은 모처럼만에
가득 차 있었다. 비어 있던 왕좌에 베르누크가 앉아 있었고,

재상의 자리에 카림이 앉아 있었다.

"현 시간부로 제13차 정기 각료 회의를 시작하도록 하겠습니다."

어느새 일어났는지 카림이 일어나 회의실 전면을 향해 고했다. 그에 가장 먼저 카이시스 대공이 그동안의 밀렸던 업무 보고가 시작되었다. 실제 다른 왕국에서라면 결코 있을 수 없는 일이나 이곳은 다른 왕국이 아니라 바로 폴라리스 왕국이었다.

폴라리스 왕국에서 귀족의 작위는 그저 명예직일 뿐. 그 이상도 그 이하도 아니었기에 아무리 지고한 신분의 대공이라 해도 국왕의 아래에 있는 신하일 뿐이었고, 그 또한 녹봉을 받아 생활하는 하나의 행정 관리일 뿐이었다.

대공 카이시스의 보고를 필두로 폴라리스 왕국의 근간을 이루는 각 부서장들의 보고가 시작되었다. 국방부, 건설부, 교육부, 농림부, 법무부, 외교부, 상업부, 재정부 등 총 아홉 개 부서의 장관들과 용병청과 경찰청, 마법청 등 세 개의 청의 수장인 청장들이 있었다.

그리고 교육부 산하에 있는 기사 아카데미와 마법 아카데미 그리고 행정 아카데미의 학장들이 있었다.

부서의 장은 장관이라 칭했고, 두 개의 청은 청장이라 칭했다. 대륙에서는 절대 찾아볼 수 없는 칭호이고 부서라 할 것이다. 처음에는 상당히 많이 혼란스러워 하던 이들이 이제는 완벽하게 동화되어 각자의 자리에서 각자의 자리에 맞는 업무를 보고 있었다.

그것도 상당히 유기적이고 효율적으로 움직이고 있었다. 그들의 보고는 한참동안 이어졌지만 바이큰 왕국과의 승전에 힘입어서인지 그리 지루하게 느껴지지 않았고, 오랜만의 국왕의 친정이라서인지 어딘지 모르게 열의까지 느껴지고 있었다.

"행정 아카데미의 학장의 보고를 끝으로 제13차 정기 각료 회의를 마칩니다. 별다른 명이 없으므로 해서 각 부처의 장관과 청장께서는 업무에 복귀하셔도 됩니다."

그 말에 분분히 일어나 베르누크에게 읍을 한 후 대회의실을 빠져나가는 장관들과 청장들 그리고 원장들이었다. 하지만 회의가 끝났음에도 불구하고 여전히 대회의실에 남아 있는 이들이 있었으니 그들은 다름 아닌 카이시스 대공을 위시한 구데리안 공작과 카림, 레너드, 롬멜 백작, 테레지아 백작, 그리고 일왕자인 지그프리트 아이젠이었다.

그 모두의 시선이 베르누크에게로 향했다.

"이제 시작해 보도록 하지."

베르누크의 입에서 명이 떨어졌다. 그에 카림은 조용히 일어나 어느 한 곳을 누르자 길고 긴 대회의실의 탁자 표면이 사라지며 실사 모형의 대형 사판이 드러났다.

대형 사판이 드러나자 조용히 그 모습을 지켜보고 있던 카림의 입이 떨어졌다.

"아시다시피 아국의 영토가 상당히 확장되었습니다. 하나, 중요한 것은 영토의 확장이 아니라 아직 바이큰 왕국을 모두 흡수하지 못했다는 것입니다."

"그것이 중요한 이유라도 있소?"

카림의 설명에 구데리안 공작이 조용히 질문을 던졌다.

"완벽하게 흡수하지 못했다는 것은 아직 아국이 안정되지 못했다는 것을 의미함이며 더불어 이스턴과 히르센에게 전쟁의 빌미를 제공하는 것이라 말할 수 있습니다."

"흐음."

결국 한숨을 내쉬는 구데리안 공작이었다. 카림이 말처럼 바이큰 왕국이 무너진 삼국의 관계는 이미 적대 관계로 돌아섰다고 해도 과언이 아니었다. 그 연유는 바로 힘의 균형이 깨졌다는 데 기인했다.

비슷한 힘이라면 서로 견제를 통해 상생해 나갈 수 있겠으나 이미 바이큰 왕국을 무너뜨린 폴라리스 왕국은 그 힘의 균형을 깨뜨리고 비정상적으로 힘이 커졌다.

그러하니 당연히 이스턴과 히르센은 폴라리스 왕국을 경계하게 될 것이고, 더 이상 폴라리스 왕국이 커지기 전에 무슨 수를 써서든지 폴라리스 왕국의 성장을 저지하려 함은 당연지사이고 말이다.

거기까지 생각한 구데리안 공작은 한숨을 내쉬며 카림의 말을 인정한 것이었다. 그에 카림이 말을 계속 이었다.

"그중 가장 중요한 변수는 바로 서부의 남쪽을 중심으로 암약하고 있는 바이큰 왕국의 유신들과 아국과 가장 큰 면적의 국경을 맞대고 있는 이스턴 왕국이라 할 것입니다. 또한 그와 더불어 아직까지 아국에 정착하지 못한 제국의 유신들 역시 문제가 있습니다."

카림의 마지막 말에 구데리안 공작이 다시 입을 열었다.

"이미 그들은 국왕 폐하께 충성 서약을 하지 않았소. 그러한 그들이 과연 문제가 될 소지가 있겠소?"

원론적인 면에서는 구데리안 공작의 말이 맞았다. 하지만 여기 있는 모든 이들은 알고 있었다. 아직도 제국의 유신들 중 마음을 잡지 못하고, 히르센이나 이스턴 왕국과 협조하며 정보원 노릇을 하고 있는 이들이 있다는 것을 말이다.

"한 길 물속은 알아도 열 길 사람 속은 모른다 하였습니다. 무려 3천 명이 넘어가는 제국의 유신입니다. 그들이 모두 한 마음으로 국왕 폐하를 섬긴다는 것은 있을 수 없는 말입니다. 왜냐하면 그들은 동물이 아닌 사람이기 때문입니다. 사람이라면 욕심이 있게 마련이고 사람이라면 생각이 있게 마련입니다. 또한 욕심과 생각은 그리 쉽게 바뀌지 않습니다.”

카림의 말에 구데리안 공작의 얼굴이 수차례 변하였다. 실질적으로 3천에 이르는 제국의 유신을 관리하고 있는 것은 바로 자신이니 말이다. 그런데 자신도 모르는 일이 일어나는 것 같아 마음이 안 좋은 것이었다.

“하면, 지금 군사의 말에 의하면 아국의 내부에서 무언가 조짐이 일어나고 있다는 것으로 받아들여도 되는 건가? 또한 그러한 조짐이 바로 이스턴과 히르센의 움직임과 동조하고 있고?”

그에 카림이 고개를 끄덕였다. 바로 그 말이었으니 말이다. 그리고 이 회의의 주된 목적이 그 위기 상황을 타개하기 위해 모인 것이니 말해 무엇하겠는가.

“그렇습니다. 외형적으로는 안정적이고 영토가 넓어졌으나 실제 내부적으로 단단한 반석 위에 오르지 못했습니다. 아니, 반석 위에 오르기에는 그 기간이 너무 짧았던 탓도 있을 것입니다. 해서 이번 기회를 통해 내부적인 불안 요인을 완벽하게 털어내야 한다고 생각하기에 지금의 이 자리를 마련하게 되었습니다.”

목적은 그것이었다. 지금은 삼국 모두에게 위기였다. 폴라리스 왕국에게도, 이스턴에게도, 히르센에게도 말이다. 서로 난마처럼 얽힌 관계이기 때문에 더욱 그러할 것이다.

　물론 그렇다 해도 그 위기감이 이스턴만큼 강하지는 않을 것이다. 이스턴은 남으로는 히르센 왕국에, 북과 서로는 폴라리스 왕국에게 둘러싸여 있으니 그야말로 사면초가의 현상이라 할 수 있었다.

　그러한 이스턴 왕국이 취할 수 있는 방도는 몇 가지 없다. 거기에 위기의식을 느낀 히르센에서 자꾸 옆구리를 찔러 댈 터이니 그 몇 가지 없는 방도에서도 극히 줄어들 것은 자명한 일.

　"어찌 되었든 히르센이나 이스턴은 어떠한 형태로든 아국의 내부 분란을 획책할 것이고, 명분을 가지든 가지지 않든 아국을 적으로 돌려세운 후 도발할 가능성이 다분하다는 것이로군."

　조용히 침묵하고 있던 베르누크가 자신의 의견을 개진했다. 지금 베르누크가 한 말은 카림이 하고자 하는 말의 핵심이었다. 분란의 획책과 도발. 그것은 바로 전쟁을 의미하기도 했고 말이다.

　"맞사옵니다. 시기상의 문제일 뿐 누가 되었든 반드시 전쟁이 일어납니다. 가장 큰 전쟁의 당사자는 바로 이스턴이 될 것이나 그렇다고 히르센을 간과해서는 아니되옵니다. 오히려 아국에 그나마 조금의 끈을 가지고 있는 이스턴보다는 아국에 대하여 항상 강경 노선을 걷고 있는 히르센이 더 큰 적이 될 수 있사옵니다.”

그것은 여기 있는 모든 이들은 카림의 말에 모두 침중한 얼굴로 고개를 끄덕일 수밖에 없었다. 물론 이스턴이나 히르센이 무서운 것은 아니었다. 절대 무서울 수 없는 존재들이었다.

“하면, 내부의 분란에 대하여 말을 해보시게.”

카이시스 대공이 물었다. 일단은 안의 불씨부터 꺼야만 했다. 아니면 그들을 이용하든지 말이다. 카이시스 대공은 그 두 가지 모두를 염두에 두고 카림에게 질문을 던졌다.

카림이라면 이미 그 두 가지의 경우 모두 염두에 두고 있을 것이 분명하기 때문이었다.

“군사부에서 상정한 이스턴이나 히르센 왕국의 도발이나 혹은 획책할 수 있는 계략을 대력 몇 가지로 압축을 해보았습니다.”

한두 가지도 아니고 몇 가지로 압축했단다. 그만큼 도발할 방법이 많고 아직 폴라리스 왕국이 완벽하게 자리 잡지 못하고 있다는 것을 반증하는 말일 게다.

모든 이목이 카림의 입으로 쏠렸다.

“첫 번째는 반란입니다. 두 번째는 요인 암살입니다. 세 번째는 바이큰 왕국의 유신들에 대한 지원입니다. 모두 세 가지의 경우이지만 그 끝은 역시 아국과의 전쟁으로 이어집니다.

또한 이 세 개의 계략이 각기 일어날 수도, 혹은 동시다발적으로 일어날 수도 있습니다. 이에 아국은 최악의 상황을 예측해야 하며 세 가지의 경우가 모두 일어난다고 상정해야 할 것입니다.”

작전은 언제나 최악의 상황을 상정해야 한다. 또한 그 작전들 간의 유기적인 연계를 위해서는 반드시 선행되어야 할 작전과 작전 간의 우선순위를 두어야 한다.

여기서 카림이 할 일이란 바로 작전의 유기적인 연계와 작전들 간의 우선순위를 두어 순차적으로 대응하고 더 나아가 반격을 가하고 종내에는 적을 섬멸하거나 항복을 받아내야 하는 역할이라 할 수 있었다.

“이에 아국은 그 역할을 나누어야 합니다. 우선 첫 번째 반란에 대한 건은 구데리안 공작 각하께서 맡아주셔야 합니다. 현재 아국의 파악된 반란의 징조는 카드모프 세르게예비치 백작이 있는 골든 타운입니다.”

“골든 타운이라면……”

구데리안 공작의 얼굴이 흉악하게 일그러졌다. 바로 카드모프 세르게예비치 백작이라는 이름 때문이었다. 카드모프 세르게예비치 백작. 그는 구데리안 공작의 좌장격인 자였기 때문이다.

또한 그가 담당하고 있는 지역이 폴라리스 왕국 동부의 중심지인 골든 타운이라는 곳으로 세 곳의 대규모 금광 중 가장 대규모를 자랑하는 광산 도시였다.

그곳이 반란의 주 거점지역이 되고, 세르게예비치 백작이 반란을 주도한다면 구데리안 공작 휘하에 있던 대부분 혹은 몇몇의 기사가 그 반란에 가담할 가능성이 농후하다는 것을 의미했다.

비단 그들만이면 다행이라 할 것이다. 문제는 세르게예비치 백작이 구데리안 공작의 좌장 격이라는 사실을 대부분의 제국 유신들이 알고 있다는 것이었다.

구데리안 공작이 나서지 않더라도 세르게예비치 백작이 움직이는 것 자체로도 구데리안 공작이 움직이고 있다는 것으로 오해할 수 있기에 자칫 잘못하면 대부분 잘 정착하여 폴라리스 왕국의 왕국민이나 관리로 살아가고 있는 황궁 감옥 출신들까지 엮여 들어갈 수 있는 소지가 다분했다.

그러한 사실을 알고 있음에도 불구하고 카림은 그 해결을 구데리안 공작에게 맡겼다. 그것은 곧 관계되어 있다면 돌이킬 시간을 줌이고, 관계가 없다면 확실하게 마무리 지으라는 말이었다.

그 속내가 어찌 되었든 결과론적으로 믿는다라는 말일 것이다. 전폭적인 믿음. 신뢰.

그것을 느낀 구데리안 공작의 얼굴은 착잡함과 함께 뿌듯

함이 동시에 떠올랐다.

"맡겨주시게. 경이 보여준 믿음과 신뢰에 대하여 본 공작 또한 믿음과 신뢰로 답할 것이네."

"고맙습니다."

카림은 살짝 고개를 숙여 예를 표했다. 달리 본다면 굉장히 무례하다 볼 수 있었다. 당사자가 앞에 있음에도 불구하고 당사자에게 모든 것을 정리하게 한다는 것과 모두가 있는 상황에서 공개적으로 말함에 있어서.

하나, 구데리안 공작은 그것을 나쁘게 받아들이지 않고 오히려 더 적극적으로 나섬으로써 분열될 수 있는 틈을 간단하게 메꾸고 있었다.

하나의 계책이 마무리되었다. 골든 타운의 일은 그저 구데리안 공작에게 맡겨두면 된다. 모든 것을 구데리안 공작이 알아서 처리할 것이다. 구데리안 공작이라면 어떠한 조언이 없다 하더라도 충분히 해결할 수 있는 능력이 있으니 말이다.

"두 번째의 계책인 요인 암살에 관한 것에서는 상당히 광범위하게 접근해야 합니다. 요인이 과연 어떤 것인지가 관건이라 할 수 있는데 한 가지 주의해서 볼 점은 바로 현 상황에서 아국에 타격을 입힐 수 있을 만한 요인으로 압축할 수 있습니다."

가장 먼저 국왕인 베르누크에 대한 암살이었다. 여기 있는 사람은 모두 안다. 사실상 불가능하다는 것을 말이다. 하지만 여타의 귀족들이나 왕국은 모른다. 그래서 가능하리라 생각할 수 있었다.

하지만 암살 작전이라는 것이 단 한 명에 대해서 실행한다고 성공하는 것이 아니다. 암살 작전이란 한 인물이 아니라 현재 정국을 주도하고 있는 다수의 주요 인사를 중심으로 실행함으로써 명령체계의 붕괴와 함께 정국의 혼란을 야기하는 것이 주목적이기 때문이다.

결국 가장 핵심이 되는 인물은 주요 부처의 장관들과 차관들, 그리고 이곳에 모여 현재 카림의 작전을 경청하고 있는 모든 이들이 포함된다고 해도 과언이 아닐 것이다.

"그에 대한 방비는?"

"주요 인사에 대한 경호를 강화함과 동시에 주요 경로에 대한 병력의 재배치가 이루어져야 할 것이옵니다. 또한, 특수 작전을 펼칠 수 있는 작전국의 신설이 필요하다 판단되옵니다."

"특수 작전국이라……."

베르누크가 말끝을 흐렸다. 어느 왕국에나 있는 특수 작전을 위한 병력이나 기사들이 몸담고 있는 곳이라 생각하면 될 것이다. 괜찮을 성싶었다.

"그에 관해서 따로 보고하도록 하고 계속해 보게."

베르누크의 말에 살짝 고개를 숙인 카림은 이내 침착한 목소리로 다시 작전을 읊어나갔다.

"마지막으로 세 번째인 바이큰 지역 남부에 산재해 있는 게릴라성 전사들에 대한 대책입니다."

사실 그것은 상당히 큰 골칫거리였다. 북부만큼 산세가 험하지도 않고, 몬스터가 억센 것도 아니지만 서부의 산은 넓고 깊었다.

덕분에 전사들은 그 넓고 깊은 산을 배경으로 산도적으로 변신하거나 혹은 상당한 서부의 영지를 상대로 약탈을 일삼고 있었기 때문이었다.

"이번에 군사를 일으키도록 하지."

"전격전을 말씀하시는 것이옵니까?"

"그렇지."

카림의 물음에 대답한 베르누크는 고개를 돌려 카이시스 대공을 바라보았다. 베르누크의 시선을 받은 카이시스는 오랜만에 만면에 웃음을 띠우며 입을 열었다.

"본 대공이 나서도 되겠사옵니까?"

"이미 대공께서는 폴라리스 왕국의 존경받는 마탑주가 아니십니까?"

말의 의미는 드래곤인 내가 나서도 되겠느냐는 말일 것이고, 베르누크는 이미 사람들의 틈바구니에 끼어 있으며 그 누구도 드래곤으로 보지 않으니 이미 사람이 아니냐는 말이었다.

"허허허, 폐하께옵서 그러하시다면 그러한 것일 겝니다. 서부의 산도적으로 변한 전사들은 이후 보시지 못할 것이옵니다."

카이시스 대공은 너털웃음을 내뱉었다. 기분 나쁜 너털웃음이 아닌 기분 좋은 너털웃음. 일순 장내의 긴장된 분위기가 녹아내리는 듯한 그러한 웃음이었다.

일순 부드러워진 회의실의 분위기. 그에 베르누크가 살짝 카이시스 대공에게 고개를 숙여 고맙다는 예를 표했다.

"하면 짐의 역할은?"

"가장 중요한 역할이옵니다."

"중요한 역할이라……. 듣고 싶군."

"그들이 이러한 일련의 아국의 행동을 의심하지 못하도록 혹은 그러한 그들의 작전이 성공할지라도 쉽게 전쟁을 일으킬 수 없는 시간을 버는 일이옵니다."

"시간을 번다라……."

톡. 톡. 톡.

시간을 번다는 말에 베르누크는 대회의실의 탁자를 손가락으로 톡톡 두드렸다.

무언가 깊이 생각하는 표정. 고민스러웠다. 대체 무엇으로 전쟁이 일어나는 시간을 지연시킬 것인지 말이다.

작정하고 덤비는 놈한테는 뭘 어떻게 할 수 없는 것을 알기 때문이었다. 다만, 그들은 그렇게 무턱대고 덤벼들지 않으리란 점은 분명하다. 아무리 작아도 명분이라는 것을 가지지 않으면 작정하지 않는 왕국 간의 관례 덕분일 것이다.

그리고 그들은 스스로 귀족이고 왕족이라고 자부하기에, 뒤로는 무슨 해괴망측하고 기괴하고 피비린내 나고 더러운 일을 하는지는 몰라도 일단 겉으로 드러난 그들의 모습은 귀족이고 왕족이니 말이다.

"방법이 있긴 한데……."

"국왕 폐하를 믿사옵니다."

말이 나오자마자 카림은 못을 박아버렸다. 믿는다고. 그에 그저 멍한 표정으로 카림을 바라보는 베르누크였다.

"아니, 그게……."

말을 하려던 베르누크가 주변을 둘러보니 모든 시선이 자신에게로 향해 있었다.

"크음, 그 방법은 나중에 설명하도록 하지. 회의는 이것으로 마치도록 할 것이오. 그리고 테레지아 백작은 나를 좀 보고 갔으면 하오."

모두가 자리를 털고 일어났다. 아쉬움을 남기기에는 너무

오랫동안 회의실에 앉아 있었던 탓인지도 몰랐다. 그 와중에
테레지아 백작만은 움직이지 않았다. 약간은 궁금한 표정을
지으며 말이다.

CHAPTER
02
점입가경

Knight King

“……”

“……”

둘은 한동안 말이 없었다. 막상 남으라고는 했지만 무슨 말을 해야 할지 모르는 베르누크였고, 무슨 할 말이 있어 남으라 했으니 베르누크의 말을 기다리는 테레지아 백작이었다.

그러는 동안 둘의 시선이 마주쳤다. 예의 무표정한 테레지아 백작의 얼굴에 베르누크는 오히려 당혹한 듯한 표정을 지었다. 하지만 별다른 말을 꺼내지 못했다.

“무슨 할 말이 있으시옵니까?”

참지 못하고 결국 테레지아 백작이 먼저 말문을 열었다.

"그… 일단 같이 좀 걸으시겠소?"

"따르겠습니다."

"허험."

괜한 헛기침을 하며 먼저 일어나는 베르누크였다. 그러한 베르누크를 바라보는 테레지아 백작의 얼굴이 살짝 변했다. 알 듯 모를 듯 약간의 미소를 짓고 이내 사라지는 테레지아 백작의 입가였다.

아마도 테레지아 백작은 지금 베르누크가 무슨 말을 하려 하는지 아는 듯싶었다. 그와 함께 자리에서 일어나 베르누크의 뒤를 따르는 테레지아 백작이었다.

마치 아무런 일도 없다는 듯이, 방금 같이 걷겠냐고 했던 말을 잊어버린 듯이 혼자서 멀찍이 성큼성큼 걸어가는 베르누크를 바라보며 테레지아 백작은 그냥 피식 웃어버렸다.

그를 따라가는 테레지아 백작의 손이 목으로 옮겨갔다. 목으로 옮겨진 그녀의 손은 마치 습관처럼 목에 걸린 목걸이를 만지작거렸다. 그것은 바로 바이큰 왕국과의 전쟁 당시 아무런 말도 없이 베르누크가 던지듯이 안겨주고 간 목걸이였다.

목걸이를 만지작거리며 베르누크의 뒤를 따르는 테레지아 백작. 그 둘이 대회의실에서 사라지자 대회의실을 나갔던 모든 이들이 스르르륵 나타나고 있었다.

“에잉~ 저래서야 어디 장가는 가겠누.”

그것은 바로 카이시스 대공의 목소리였다.

“허허허, 천하를 호령하고, 적군에게는 악마왕이라 불리며 아군에게는 나이트 킹이라 불리시는 분이 너무 소심한 것 같습니다.”

이 목소리는 구데리안 공작이었다.

“쯧, 사적으로는 제 친구지만 나이가 나이이지 않겠습니까? 부담스럽기도 하겠지요.”

이 목소리는 레너드.

“뭐, 어찌 되었든 국왕 폐하께옵서 중대한 결심을 하신 것 같습니다. 물론 정략적이라고 보는 이도 있겠습니다만 저런 경우는 절대 정략이라고 볼 수 없는 상황이겠지요.”

이 목소리는 카림.

모두 있었다. 모두 회의를 마치고 각자의 위치로 돌아갔을 진재 그들은 자리로 가지 않고 이곳에 있었다. 평소의 베르누크라며 그것을 모를 리 없겠으나 오늘은 어쩐 일인지 이들의 움직임을 전혀 눈치채지 못하고 있었다.

“그, 그럼, 우리 형님 폐하가 억지로 잡혀가는 거냐?”

제이의 발언이었다. 순간 모든 이들의 시선이 제이에게로 향했다.

“잡… 혀가?”

"아닌가? 뭐 아님 말고."

카림의 반문에 제이는 자신이 잘못 생각한 것을 느꼈는지 땅콩을 한 움큼 입속으로 털어 넣고 하는 말이었다.

"크큭, 어쨌든 폐하께옵서 성공하셔야 할 터인데 말입니다."

롬멜 백작의 말에 다들 신중한 얼굴이 되었다. 전투 있어서는 악마처럼 싸우던 베르누크. 하지만 한 여인의 앞에서는 마치 열 살 먹은 아이보다 못해 보이는 그였기에 다들 걱정이 가득한 얼굴로 베르누크와 테레지아 백작이 사라진 방향을 바라보았다.

둘이 나란히 걷고 있었다. 잘 정돈되어 있는 폴라리스 왕국의 왕궁 정원이었다. 마음과 눈이 한꺼번에 깨끗해질 것 같은 곳이었다. 따뜻하게 내리쬐는 햇볕까지 모든 조건이 완벽하나 어쩐지 베르누크와 테레지아 백작 사이에는 미묘한 기류가 흐르고 있었다.

그리고 베르누크의 입에서보다 테레지아 백작의 입에서 먼저 담담한 음성이 튀어나왔다.

"폐하께옵서는 아직 하나를 주시지 않으셨사옵니다."

그에 가던 걸음을 멈추어버린 베르누크였다. 어떻게 말을 꺼내야 할지 몰라 망설이고 있었다. 괜스레 소매 속에 있는 무언가만을 만지작거리고 있었다. 마치 닳아 없애 버리려는 듯 말이다.

심장이 쿵쾅거리고 머리에 열이 몰려 아찔한 현기증까지 느껴지고 있었다. 무언가 뜨뜻한 것이 등 뒤를 타고 흘렀으며, 얼굴과 손은 새하얗게 변해가고 있었다.

대체 이 무슨 현상이라는 말인가.

"그……."

척!

테레지아 백작이 왼손을 내밀었다. 베르누크의 시선이 아주 느릿하게 테레지아 백작의 내밀어진 손을 바라보았다. 거친 손이었다. 정령술을 배우면서 한 번의 바디 체인지를 겪었으나 아직 완전한 마스터가 아닌 탓에 손까지는 완벽하게 되돌릴 수 없었던 모양이었다.

여인의 손과는 전혀 다른 투박하고 굳은살이 박혀 마치 사내의 손을 연상케 할 정도의 손이었다. 그런 손을 바라보는 베르누크의 시선. 그리고 왼손을 들어 내밀어진 손을 잡았다.

까칠한 느낌.

하얗게 뇌를 태우던 현기증은 어느새 저 멀리 도망가고 마음마저 차분해 지고 있었다. 맞지 않을 것 같은 반지를 들어 테레지아 백작의 네 번째 손가락에 반지를 끼웠다.

"어머니께서 끼시던 반지요. 평생을 한 번도 빼지 않으셨던 반지이기도 하오. 원하지 않는다면 새로운 반지를……."

"오히려 저는 이 반지가 더 좋사옵니다. 어머니라는 의미
는 구태의연하기는 하지만 언제나 새로움을 선사해 주는 의
미의 단어기 때문이옵니다."

베르누크는 그 말에 그냥 웃었다. 이제는 떨리지도 힘들지
도 긴장되지도 않았다. 그저 내가 참 복 많은 놈이로구나 하
는 생각만 들 뿐이었다.

"고맙소."

다른 말은 필요없었다. 입에 발린 사랑한다는 말이나 혹은
내 청혼을 받아주라는 말도 없었다. 그것은 이미 둘이 모든
것을 공감하고 있었기 때문일지도 몰랐다.

베르누크는 팔을 활짝 벌렸다. 그 안에 테레지아 백작이 있
었다.

"폴라리스 왕국의 국왕이 결혼을 한다고?"

"그렇다 하옵니다."

"흐음."

이스턴 왕국의 밀리예프 국왕과 참모장인 오펜하이머 공
작 그리고 나이젤 후작이 둘러앉아 있었다. 마치 티타임을 가
지는 것처럼 대수롭지 않게 흘러가는 대화였다.

딸깍!

마시던 찻잔을 내려놓는 밀리예프 국왕이었다. 그러고는 시선을 아름답게 꾸며진 정원에 두었다. 무언가 깊이 생각하는 것인지 아니면 그저 아무 생각 없이 바라보는 것인지 도무지 알 수 없었다.

"참으로 공교롭구려."

"그러하옵니다."

그러고는 다시 침묵.

말은 없었으나 그들의 머리는 초고속으로 회전하고 있었다. 서로 물고 물리는 전쟁 중이라고는 하나 타국의 경사를 목전에 두고 전쟁을 일으킬 만큼 대담하지는 않았다.

"히르센에도 전해졌겠구려."

"그렇지 않겠사옵니까?"

나이젤 후작은 별말이 없었다. 그저 앞에 놓인 차만 계속 축내고 있을 뿐이었다. 지금까지의 모든 대화는 밀리예프 국왕과 오펜하이머 공작 간의 대화였다.

"보아하니 반년 뒤라고 하더군."

"그러하옵니다."

또다시 침묵.

이번 침묵은 꽤나 길었다. 단편적으로 오가는 대화 때문인지 세 명의 분위기는 극히 어두웠다. 밝은 햇살과 아름다운 정원과는 전혀 다른 분위기였다.

"후우~ 그들이 아국의 계획을 알 가능성은?"

"모른다면 오히려 이상하지 않겠사옵니까?"

"어쩐지 이번 결혼, 시간 벌기용이라는 느낌이 강하게 드
는구려."

"어차피 아국 역시 전쟁을 위해서는 준비가 필요하옵니
다."

딸깍!

마침내 나이젤 후작이 찻잔을 놓았다. 지금까지 한 번도 찻
잔을 놓은 적이 없었기에 오히려 나이젤 후작의 그러한 작은
행동은 밀리예프 국왕과 오펜하이머 공작의 시선을 모으기에
충분했다.

"소신은 아직도 폴라리스 왕국과의 전쟁에 반대하옵니다.
하나, 이미 결정된 사항을 번복하고 싶지는 않사옵니다."

나이젤 후작의 발언은 어찌 보면 강력한 국왕의 권위에 정
면으로 반하는 발언이라 할 수 있었다. 하지만 밀리예프 공작
은 결코 경거망동하지 않았다. 그저 담담히 그 말을 받아들일
뿐이었다.

"하고 싶은 말이 무엇이오."

"국혼이 반년 뒤라 해서 전쟁이 반드시 반년 뒤에 일어나
라는 법은 없사옵니다. 여기서 소신이 발언한 전쟁이란 아국
과의 전쟁이 아닌 그들 내부의 전쟁이라 할 수 있사옵니다."

밀리예프 국왕과 오펜하이머 공작은 나이젤 후작의 말에 의외라는 듯한 표정으로 나이젤 후작을 바라보았다. 대표적인 친폴라리스 왕국파였기 때문이었다.

"물론 소신이 대표적인 친폴라리스 왕국파이기는 하나 소신은 엄연히 기사로서의 맹세를 한 기사이옵니다. 과거 소신이 폴라리스 왕국의 마스터인 베인 후작에게 검을 사사받은 적이 있사옵니다."

담담하게 말을 하는 나이젤 후작이었다. 하지만 목이 타는지 차갑게 식은 차를 들이켰다.

딸깍!

"그때 소신은 반드시 적으로 만날 것이라 하였사옵니다. 그에 베인 후작은 그러면 되는 것이 아니겠는가? 서로 섬기는 주군이 따로 있을진대 전란의 시대에 들어 기사로서 주군의 뜻에 따라야 하지 않겠는가라 답하였사옵니다. 해서 소신은 주군께 기사의 맹세를 한 당당한 기사로서 죽음으로 최선을 다할 것이옵니다. 그 최선의 한 방책으로 계획된 적 내부의 분란은 반드시 필요하다 판단되옵니다. 폴라리스 왕국 역시 그것을 노린 것이 아니겠사옵니까? 어차피 역사는 승자의 역사이옵니다. 이기기 위해서는 반드시 필요하옵니다. 절호의 기회임을 알고 있음에도 불구하고 명분 혹은 개도 안 물어갈 전쟁의 도를 앞세우는 것은 옳지 않다 판단되옵니다."

침묵이 흘렀다.

지금 나이젤 후작의 말은 기사라면 알고 있음에도 불구하고 체면 때문에 혹은 질타받을 것이 두려워 쉽게 입 밖으로 내지 못하는 말이었다. 전쟁에 예의라는 것이 대체 무엇인가?

이기면 되는 것이다. 그의 말처럼 역사는 승자의 것이다. 과정이 조금 더러울지 몰라도 전쟁에서 승리하면 당연히 묻힐 것이다. 물론 그 방법이 아주 간악한 것도 아니다.

"어떻소?"

밀리예프 국왕이 오펜하이머 공작을 바라보며 물었다.

"나이젤 후작의 말이 지당하다 판단되옵니다. 폴라리스 왕국의 국혼은 국혼이고 그동안 진행되어 온 계획은 계획대로 진행되어야 하옵니다. 어쩌면 국혼이라는 시간 벌기로 마음을 놓고 있는 지금이 가장 적기라 할 수 있을 것이옵니다."

"좋군. 그대로 행하시게. 또한 폴라리스 왕국의 국혼에 맞추어 사신단을 구성하도록 하시게."

"명을 따르옵니다."

폴라리스 왕국의 동부 골든 타운.

그곳을 다스리고 있는 영주관이 오늘따라 부산했다. 그 연유는 다름 아닌 중앙의 기사 아카데미의 학장이자 국방부 장

관을 역임하고 있는 구데리안 공작이 방문하였기 때문이었
다.

폴라리스 왕국의 마스터이자 국방부 장관, 거기에 기사 아
카데미의 학장이라는 지위까지 합하면 결코 쉽게 시간을 낼
수 있는 신분이 아님은 분명하다. 그러한 지고한 신분의 구데
리안 공작이 동부를 방문했으니 당연히 부산할 수밖에 없었
다.

"오~ 가드모프, 오랜만일세."

"하하하, 마스터께서 어려운 걸음을 하셨습니다."

가드모프 세르게예비치 백작.

폴라리스 왕국의 동부의 지배자라 불리는 자. 과거 제국의
유신이나 구데리안 공작을 마스터로 섬기는 기사. 폴라리스
왕국의 3대 금광 중 가장 대규모인 골든 타운의 지배자.

무수히 많은 말들이 그를 지칭하고 있었다. 단기간이지만
그가 이룩한 세력이 결코 만만치 않다는 것을 증명하는 말일
것이다. 그래서인지 세르게예비치 백작의 뒤로는 질서 정연
한 기사들이 정렬해 있었으며, 귀족들로 보이는 일단의 무리
까지 있었다.

그 모든 것을 하나하나 눈에 담고 있는 구데리안 공작이었
다.

'진실이었던가? 믿지 않았건만. 하나, 조금만… 조금만 더

살펴보도록 하자. 이제 첫 대면이지 않는가.'

그러한 생각을 가진 구데리안 공작을 옆에 붙어 세르게예비치 백작은 열심히 설명을 하는 중이었다. 자신이 섬기는 마스터이다. 공사가 다망한 가운데도 일부러 시간을 내어 찾아주었으니 얼마나 기꺼운가 말이다.

'어떻게 해서든지 반드시 끌어들여야 한다.'

물론 꼭 반갑고 기껍기만 한 것은 아니었다. 세르게예비치 백작은 이미 기사가 아닌 정치인이 되어 있었다. 귀족이 되어 있었고 말이다. 그의 머릿속에는 이미 계산이 들어 있었다.

그러한 생각은 곧바로 얼굴로 드러난다. 그렇게 생각하는 당사자는 절대 겉으로 표현하지 않는다고는 하나 상대는 마스터이다. 마스터라는 것은 곧 인간의 범주를 벗어난 존재라는 의미이다.

구데리안 공작은 그러한 세르게예비치 백작의 일거수일투족을 하나도 빠짐없이 기억하고 분석하고 있었다.

'변했구나!'

변했다, 그것도 아주 많이. 또한 좋은 방향이 아닌 나쁜 방향으로 변해 있었다. 과거에 자신이 알고 있는 기사 세르게예비치가 아니었다. 그렇게 생각이 되자 세르게예비치 백작의 주변에서 웃는 낯으로 호탕하게 웃고 있는 이들이 눈에 들어왔다.

‘팔도 자작, 에머슨 백작, 앙리 자작, 게리 남작…….’

모두 아는 자들이었다. 과거 자신과의 연줄이 있는 자들이었다. 한 명 한 명을 알아볼수록 구데리안 공작의 얼굴은 침중하게 굳어지고 있었다. 내심 아니기를 바랐다.

하지만 클라우제비츠 후작이 알려준 그대로였다. 이곳에 도착하면 자신을 마중할 자들이 누구누구이며, 또한 그들의 역할이 무엇이며, 그들이 왜 모여 있는지까지 알려주었다.

너무도 상세하게.

그래서 더 믿고 싶지 않았다. 하지만 지금은 믿지 않으려야 믿지 않을 수 없었다. 과거 자신이 알던 세르게예비치 백작은 변했고, 자신을 알고 평가하던 귀족들의 얼굴과 눈동자에는 탐욕이 붙어 이글거리고 있었다.

“어떻습니까, 공작 각하!”

“훌륭하군. 그동안 고생을 많이 했겠어.”

“하하하, 어찌 그것이 이들의 고생만 했겠습니까. 기실 골든 타운이 이렇게 발전하는 데에는 이들의 고생이 많았습니다.”

그렇게 말을 하며 은근슬쩍 세르게예비치 백작 자신을 따르던 귀족들을 소개했다. 하지만 그 소개라는 것이 다소 거만하였다. 물론, 공을 그들에게 돌림으로써 그들의 마음을 얻었겠으나 어찌된 일인지 구데리안 공작이 느끼기에는 굉장한 껄끄러움이 묻어 있었다.

"고생한 만큼 결실이 맺었지 않은가? 그러면 된 게지."

"그렇기는 합니다만……."

말끝을 흐리는 세르게예비치 백작이었다. 무언가 더 할 말이 있는 듯싶으나 구데리안 공작을 호위하는 기사들이 들음을 저어했음인지 말을 흐리고야 말았다.

"어서 들어가세. 솔직히 시장기도 있고, 국경을 둘러보느라 시장하기도 하군."

"아! 알겠습니다. 제가 잠시 태만했나 봅니다. 가시지요."

구데리안 공작은 말을 바꿨다. 아직은 시기가 아니었다. 조금 더 살펴보아야 했다. 괜히 풀을 건드려 뱀을 놀라게 할 필요는 없으니 말이다. 그러한 의미에서 구데리안 공작은 뒤를 보며 살짝 눈짓을 보냈다.

구데리안 공작을 호위하는 자는 세르게예비치 백작만큼은 아니어도 폴라리스 왕국이 성립되면서 베르누크가 고르고 골라 보내준 호위하는 기사였다. 그의 이름은 스톤 콜드, 경지는 익스퍼트 상급으로 수위의 실력을 자랑하였다.

하지만 뭐니 뭐니 해도 구데리안 공작이 그를 곁에 두는 이유는 입이 무거우면서도 눈치가 빨랐다. 여느 기사와는 다르게 이해력이 높아 업무를 수행하는 데 있어서 상당한 도움이 되기 때문이었다.

그러한 그가 구데리안 공작의 눈짓을 받자 이내 경계를 느슨하게 풀고 딱딱하게 굳어 좀처럼 다가갈 수 없을 오라를 풍기던 모습이 사라졌다. 마치 카멜레온처럼 기세가 바뀌는 콜드 경이었다.

호위대장인 콜드 경의 기세가 바뀌자 호위 기사들의 기세 역시 바뀌었다. 그러자 잔뜩 경계하던 세르게예비치 백작의 기사들 역시 덩달아 기세가 바뀌며 굳어 있던 분위기가 풀려 나갔다.

'뭐지?

세르게예비치 백작은 순식간에 변하는 기세에 적잖이 당황했다. 그것이 어디에서 비롯된 것인지 쉽게 종잡을 수 없었기 때문이었다. 분명 근접할 수 없는 기세가 풍겨 나왔거늘 순식간에 그 기세가 씻은 듯이 사라졌으니 말이다.

'저들인가? 긴장이 풀어진 건가? 그렇다면 별 볼일 없다는 것인데……'

세르게예비치 백작의 눈빛이 날카로워졌다. 그가 바라보는 곳은 바로 구데리안 공작의 호위 기사들. 국방부 장관을 호위함에 있어 겨우 50명 정도의 기사를 두었다는 것은 그만큼 이들이 안심하고 있다는 것을 증명하는 것이리라.

그리고 빠르게 기세가 변하고, 긴장이 풀렸다는 것은 자신들에 대한 어떠한 적대감도 없다는 의미일 것이었다. 생각이

거기까지 이르니 세르게예비치 백작은 저도 모르게 미소를 지을 수밖에 없었다.

어쩌면 생각보다 쉽게 구데리안 공작을 회유할 수 있을지도 모른다는 생각에서였다. 만약 구데리안 공작만 회유할 수 있다면 이번에 자신이 계획한 거사는 필히 성공할 수밖에 없기 때문이었다.

그렇게 서로의 속내를 숨긴 채 과거의 동료는 이제 껄끄러운 적이 되어 만났다. 물론 아직은 적이 아니었다. 적으로 내정되었을 뿐. 겉은 웃고 있으나 그 내면에는 치열한 수 싸움이 전개되고 있음도 문제였다.

세르게예비치 백작이 안내한 영주성은 멀지 않은 곳에 있었다. 기존의 성을 증축하고 확대하였는지 상당히 크고 견고한 성곽을 자랑하였다. 그에 구데리안 공작이 감탄을 하자 기분 좋은 듯 웃어젖히는 세르게예비치 백작이었다.

공들여 만든 성이 과거의 마스터가 칭찬하자 기분이 좋아진 탓이었다. 그리고 그날 저녁 파티가 있었다.

무난한 파티. 세르게예비치 백작은 화려하고 거창하게 파티를 열 작정이었으나 시국이 시국이라는 구데리안 공작의 말을 감안하여 조촐하게 파티를 열었다.

조촐하다고는 하나 근래에 보기 드문 파티였던지라 근방 귀족들이 대거 참석하였고, 조촐하다 평하지 못할 만큼 커졌다. 그에 세르게예비치 백작은 결코 이러한 파티가 싫지 않은 눈치였다.

자신의 세도 과시함과 동시에 왕국의 마스터이자 기사 아카데미의 학장이자 국방부 장관과의 친분을 드러낼 수 있는 절호의 기회였기 때문이다. 결과론적으로 대성공이었다.

아침에 파티에 관한 소식을 전했음에도 불구하고 골든 타운 주변 모든 기사들과 귀족들이 모여들었던 탓이었다. 충분히 성황리에 파티를 마치고 세르게예비치 백작은 오랜만에 과거의 마스터와 마주 앉았다.

"실로 오랜만에 앉아보는 자리인 것 같습니다."

"그렇군. 실로 오랜만이로군. 근 10년은 되었던가?"

"아마 그쯤 되었을 것입니다. 마스터께서는 변한 것이 하나도 없습니다."

그 말에 구데리안 공작은 잠시 대답을 미뤘다. 그는 지금 갈등하고 있었던 것이다. 어찌해야 할지 말이다. 하지만 이내 입을 여는 구데리안 공작이었다.

"자네는… 많이 변한 것 같군."

"그렇… 습니까? 하하, 사람이란 변하게 마련이지 않겠습니까?"

구데리안 공작의 말을 가볍게 받아 넘기는 세르게예비치 백작이었다. 굳이 얼굴을 붉히고 싶지 않았기 때문일까? 아

니면 구데리안 공작의 말에 약간의 시간을 벌기 위함인지도
몰랐다.

"그리고 시대도 변했습니다."

하지만 이내 표정을 진중하게 바꾸며 구데리안 공작을 정
면으로 바라보며 말을 하는 세르게예비치 백작이었다. 무언
가 중대한 결정을 한 듯이.

"마스터께서는 변하지 않으셨습니까?"

"나 또한 변했네."

무언가 대화가 겉돌고 있다는 느낌을 받은 두 사람이었다.
진실된 말은 저 밑에 감추어 두고 그저 두루뭉술한 대화만 이
어나가는 둘은 이내 답답한 마음이 들고 더 이상의 대화가 이
어질 수 없었다.

"마스터께서는 현재 폴라리스 왕국에 대해서 어떻게 생각
하십니까?"

크게 호흡을 한 세르게예비치 백작이 마침내 입을 열었다.
두루뭉술하게 겉돌던 대화가 진정 하고 싶었던 대화로 이어
지고 있었다.

"제국이 폴라리스 왕국 같았다면 망하지 않았을 것이네."

"진정 그리 생각하십니까?"

"왜? 자네는 달리 생각하는가?"

"그렇습니다."

"듣고 싶군."

구데리안 공작의 말에 잠깐 시간을 두는 세르게예비치 백작이었다. 지금부터가 중요했다. 구데리안 공작은 전형적인 기사. 하지만 정치를 모르는 기사가 아니었다. 노회할 만큼 노회한 마스터였다.

"왕국민의 입장에서는 어떠할지 모르나 귀족의 입장이나 기사의 입장에서 본다면 현 폴라리스 왕국은 옳지 못합니다. 순혈의 귀족입니다. 어찌 귀족의 자리를 미천한 평민이 대신할 수 있습니까. 왕과 귀족은 신께서 내리시는 것입니다. 그러한 자리는 절대 평민이 대신할 수 없음입니다. 또한, 폴라리스 왕국의 근간이 되는 아이젠 남작 가문은 과거 히르센 제국 건국 당시 공작의 가문이었으나 제국이 무너질 당시 오히려 그것을 가속화시켰습니다. 옳지 않은 것은 바로 잡아야 합니다. 근본이 옳지 않으니 그 몸이나 머리가 옳을 리가 없습니다. 그러하기에 폴라리스 왕국은 히르센이나 혹은 이스턴 왕국으로부터 배척받고 있는 것입니다."

단숨에 내뱉은 세르게예비치 백작이었다. 그리고 잠시 동안 구데리안 공작의 반응을 살폈다. 어찌 보면 이 발언은 반역과 같은 발언이었으니 말이다.

"그래서?"

"바꿔야 하지 않겠습니까?"

"어떻게?"

구데리안 공작의 말에 슬쩍 미소를 띠는 세르게예비치 백작이었다. 어느 정도 되었다는 것을 느낀 탓이었다. 겉으로는 표현하지 않지만 구데리안 공작 역시 속마음은 자신과 다르지 않다는 것을 확인했음이었다.

"돕는 이가 있습니다. 물론, 준비 역시 철저히 했습니다. 세세한 내용은 아직 말씀드리지 못함을 용서하시길 바랍니다."

"그렇군. 자네는 반역을 꿈꾸는군."

무심한 구데리안 공작의 대답이었다. 그에 세르게예비치 백작은 발끈하여 외쳤다.

"반역이 아닙니다. 원래로 돌리는 것입니다."

거칠게 외치는 세르게예비치 백작을 물끄러미 바라보는 구데리안 공작이었다. 아무런 감정이 담겨 있지 않은 눈동자였다. 긍정도 부정도 하지 않는 그런 속을 알 수 없는 그런 눈동자였다.

"죄송합니다. 잠시 이성을 잃었습니다."

"자네가 그렇다면 그런 것이겠지."

구데리안 공작의 말에 미소를 지으며 다시 차분하게 말을 하는 세르게예비치 백작이었다.

"함께하시겠습니까?"

“글쎄~ 조금 생각해 봐야겠군.”

“생각… 이십니까?”

“그러하네. 생각이네.”

“시간을 오래 드리지는 못합니다. 또한 답을 듣기 전까지는 어쩔 수 없이 영지를 떠나실 수 없습니다.”

그에 물끄러미 세르게예비치 백작을 바라보는 구데리안 공작이었다. 그의 얼굴에는 어떠한 표정도 떠올라 있지 않았다.

“자네, 위험하군.”

“어차피 공작 각하를 보내드리는 것도 위험합니다.”

“나를 감당할 자신이 있는가?”

“……”

그에 말을 잇지 못하는 세르게예비치 백작이었다. 감당한다는 말, 마스터를 감당한다는 말. 50명의 호위 기사를 감당해야 한다는 말. 더 크게는 폴라리스 왕국을 감당해야 한다는 말일 것이다.

구데리안 공작은 침묵을 지키는 세르게예비치 백작을 바라보았다. 냉정하게 빛나는 얼굴이었다.

“충고 하나 해줄까 하네만. 과거의 인연으로서 말이지.”

“…듣겠습니다.”

세르게예비치 백작의 말에 잠시 말을 끊은 구데리안 공작은 자신의 앞에 놓인 찻잔을 들어 한 모금 음미하였다. 너무나도 자연스러운 행동이었다. 이곳은 엄밀히 말하면 적진과 같은 곳일진대 말이다.

딸각!

이윽고 구데리안 공작의 손에서 찻잔이 떨어졌다.

"백작은 폴라리스 왕국을 너무 가볍게 생각하고 있네."

"그렇지 않습니다."

마치 반발하듯이 바로 튀어나오는 세르게예비치 백작이었다.

"묻겠네. 폴라리스 왕국이 바이큰 왕국과의 전쟁에서 승리한 것이 우연이라고 생각하는가? 아니, 그 이전에 폴라리스 왕국이 성립되기 이전으로 돌아가서 황도 공략에 있어서 가장 먼저 북의 코마롬 성을 함락한 것은 북부군이었네. 알고 있는가?"

"……."

말이 없었다. 코마롬 성을 함락한 것은 모르겠으나 바이큰 왕국과의 전쟁에서 승리한 것에 대해서는 뭐라 말할 수 없었다. 전쟁에는 운이라는 것이 어느 정도 작용한다.

하지만 세르게예비치 백작이 판단하기에 폴라리스 왕국은 운이 없었다. 각각 동맹을 맺었던 이스턴과 히르센이 모두 중간에 전쟁에서 손을 뗐기 때문이었다.

그런데 폴라리스 왕국은 바이큰 왕국과의 전쟁에서 당당하게 승리했다. 삼국 중 가장 큰 영토를 가지게 되었다는 말이고, 그 말은 곧 삼국 중 가장 국력이 강하다는 말과도 일맥상통한다.

왜냐하면 비약적으로 늘어난 자원과 더불어 왕국민 때문이었다. 항상 지적되어 온 폴라리스 왕국의 고질적인 문제가 바로 부족한 왕국민이었으니 말이다.

"그리고 백작이 한두 가지 더 알아야 할 것이 있네. 폴라리스 왕국은 혼자가 아니네. 서북 대평원이 있으니 말일세. 거기에 하나 더."

세르게예비치 백작은 조용히 찻잔을 들었다. 하지만 너무 조용하여 전혀 흔들릴 것 같지 않았던 세르게예비치 백작의 찻잔을 잡은 손은 가늘게 떨리고 있었다.

"폴라리스 왕궁에서 자네의 행동을 과연 모를 것이라 생각하는가?"

딸깍!

기어코는 소리 나게 찻잔을 내려놓는 세르게예비치 백작이었다. 불안감의 정체가 실체화되어 나타났다. 결국 구데리안 공작이 우연히 이곳을 들른 것은 아니었다. 과거의 수하를 그리워하여 들른 것이 아니라는 말이었다.

"하나, 이미 샤벨 타이거의 등에 올라탔습니다."

"어리석군."

"폴라리스 왕국도 애초에 모든 것을 갖추고 출발하지는 않았습니다. 전란이라는 상황을 등에 업었기에 성장할 수 있었던 것입니다. 북부의 몰락해가는 남작 가문에서 주변 상황을 잘 이용하여 이렇게 왕국이 된 것입니다. 저라고 해서 그리되지 말라는 법은 없지 않습니까? 오히려 같은 출발 선상이라 하면 제가 가진 것이 더 많고, 이루어 놓은 것이 더 많으며, 돌아가는 상황이 저에게 더 유리합니다."

불안감을 감추기 위해서인지 세르게예비치 백작의 목소리는 조금 올라가 있었다. 일부러 자신감을 표명하는 것인지도 몰랐다. 그러한 세르게예비치 백작의 모습에 구데리안 공작은 한숨을 내쉴 수밖에 없었다.

"자네는 나를 상대해야 할 것이네."

"보내드리지 않을 것입니다."

덜컹!

그 소리와 함께 세르게예비치 백작의 집무실의 문이 열리며 기사들이 쏟아져 들어왔다. 또한, 예의 오전에 보았던 귀족들의 모습도 역시 보였다. 그러한 그들을 담담하게 쓸어보는 구데리안 공작이었다.

그리고 이내 피식 웃음을 지은 구데리안 공작이었다. 이로서 모든 것이 명백해졌음을 안 탓이었다. 사람이 너무 많이 변했다. 그래서 안타까웠다. 그리고 너무 안타까운 나머지 분노마저도 일지 않았다.

"자네는 또 틀렸군. 이들로서는 나를 막을 수 없을 뿐만 아니라 알고 왔음에도 내가 겨우 50명의 호위기사만을 대동하고 왔다고 생각하는 것 말일세. 도대체 과거의 그 영명하던 자네는 어디로 가고 권력과 사사로운 욕심에 눈이 먼 가드모프 세르게예비치만이 남아 있는가?"

구데리안 공작의 말에 일순 얼굴이 딱딱하게 굳어진 세르게예비치 백작이었다. 잊고 있었다, 구데리안 공작이 마스터라는 것을, 마스터는 일인 군단이라는 것을. 그리고 구데리안 공작을 수행하는 호위기사 50명 역시 전원이 익스퍼트의 기사라는 것을.

"마음을… 돌리실 수 없음입니까?"

"마지막으로 자네에게 경고하겠네. 세간에는 폴라리스 왕국에 정통성이 결여되어 있다고 하네. 하지만 그 말은 틀린 말이네. 분명히 말하지만 폴라리스 왕국의 일왕자인 지그프리트 아이젠은 과거 제국의 이황자였으며 본 작의 외손자라는 것을 말이네. 이스턴이 황도를 관리하고 히르센이 사용 인장을 가지고 있다 하나 혈통은 절대 무시할 수 없음이며, 계승 인장만큼 절대적인 것은 없다는 것을 말이네. 국왕 폐하께옵서는 그 모든 것을 알고 있네. 본 작이 부탁을 해서 일왕자님을 구해내었으니 당연하지. 하나 국왕 폐하께옵서는 결코 그 말을 한마디도 입 밖으로 내지 않으셨네. 왜인 줄 아는 가?"

"……."

침묵이었다, 정통성이 결여된 폴라리스 왕국. 하나, 히르센은 온전히 이어받은 곳은 오직 폴라리스 왕국밖에 없었다. 그러함에도 일언반구도 없었던 폴라리스 왕국이었다.

"스스로 낳지는 않았으나 자신의 아들이라는 생각 때문이네. 자신의 아들이기에 멸망한 제국의 황자도 아니고, 폴라리스 왕국의 왕자도 아니었네. 국왕 폐하께옵서는 스스로 그 모든 것을 감당하셨네. 정략보다는 정면 돌파를 택하신 게지. 자네라면 그러할 자신이 있는가? 폴라리스 왕국이 성립되고 사방으로 압력이 다가오는 가운데 오직 자신의 생각을 관철시킬 자신과 능력이 있는가?"

"그가 그러할 능력이 있다는 것입니까?"

세르게예비치 백작의 물음에 슬쩍 웃음을 띠는 구데리안 공작이었다. 수십의 기사들에게 둘러싸여 있음에도 불구하고, 너무도 자연스럽고 편안한 모습이었다.

"국왕 폐하께옵서는 나와 같은 마스터 열이 덤벼도 감히 넘볼 수 없는 분이시네."

그렇게 말을 하며 일어서는 구데리안 공작이었다. 그리고 여전히 앉은 자세에서 찻잔을 만지작거리고 있는 세르게예비치 백작이었다.

"막을 텐가?"

세르게예비치 백작을 내려다보며 말하는 구데리안 공작이었다. 그에 세르게예비치 백작 역시 구데리안 공작을 올려다보고 있었다. 한참을 서로 바라보던 중 세르게예비치 백작의 고개가 좌우로 흔들렸다.

"누가 있어 마스터의 걸음을 막겠습니까?"

"그러한가? 하면, 이제 자네와 난 전장에서 보겠군."

"다시 한 번… 생각해볼 수 없겠습니까?"

그 말에 여전히 세르게예비치 백작을 내려다보는 구데리안 공작의 눈동자에는 약간의 연민의 빛이 비쳤다. 하지만 이미 돌이킬 수 없음이었다. 자신의 생각을 바꾸기 전에는 말이다.

"가능하다고 생각하는가?"

"……."

불가능하다는 것을 알면서도 물어보는 것이었다.

"오늘 내가 온 것은 자네의 생각을 알아보기 위함이고, 더불어 지금의 내 말은 자네에게 선전포고를 하는 것이네. 그래도 과거의 연을 가지고 있으니 그 연에 기대어 하는 행위일 것이네."

그 말을 마지막으로 몸을 돌려세우는 구데리안 공작이었다. 어떠한 여지도 남기지 않았다. 돌아선 구데리안 공작을 막아서는 기사들과 귀족들이었다. 하지만 이내 길을 열 수밖에 없었다.

마스터에게서 뿜어져 나오는 기세는 익스퍼트에 이른 기사들이라 해도 쉽게 감당할 수 없는 것이었으니 말이다.

저벅. 저벅. 저벅.

그의 걸음에 길이 만들어졌다.

끼이이익. 쿵!

적막한 세르게예비치 백작의 집무실에 커다란 울림음이 울렸다. 세르게예비치 백작을 비롯한 수십의 귀족들과 기사들은 아무런 말도 행동도 하지 못했다. 침묵이 가득한 집무실.

"…그를… 죽여야만 하오."

무거운 침묵을 깬 자는 바로 에머슨 백작이었다. 그 또한 과거 구데리안 공작 휘하에 있던 기사였다. 실력 또한 만만치 않은 자였고 말이다. 세르게예비치 백작을 제외하고는 가장 발언권이 강한 자이기도 했다.

다만, 세르게예비치 백작과의 개인적인 친분으로 인해 그를 돕고 있는 것이었다. 때문에 여기 있는 그 누구도 그를 세르게예비치 백작의 아래에 있다고 생각하지는 않았다.

세르게예비치 백작 자신조차도 에머슨 백작을 동반자로서 생각할 정도이니 말이다.

"방법이 없지 않소."

"있소이다."

에머슨 백작의 말에 순간 눈이 커지는 세르게예비치 백작이었다. 그뿐만 아니라 지금 집무실에 있는 귀족들 모두 눈이 커졌다. 그것은 걱정과 불안 혹은 놀람과 당혹이었다.

"설마……."

"너무 위험하지 않습니까?"

"트롤을 피하려다 오우거를 끌어들이는 것이 아닐는지 모르겠습니다."

다들 걱정스러운 한마디씩이 튀어나왔다. 그에 에머슨 백작이 위압적인 목소리로 그들을 달랬다.

"세르게예비치 백작이 이미 말을 했을 것이오. 우리는 샤벨 타이거의 등에 올라타 있다는 것을 말이오. 구데리안 공작이, 아니, 폴라리스 왕국은 이미 알고 있음이오. 여기서 물러난다 해서 과연 그들이 우리를 그냥 둘 것 같소이까?"

그에 귀족들과 기사들의 얼굴은 더욱더 딱딱하게 굳어졌다. 이러지도 저러지도 못한다. 올라탄 샤벨 타이거의 등은 너무나도 험난했다. 그렇다고 내릴 수도 없다, 방법은 오직 하나.

죽을 때까지 올라타고 있을 수밖에.

"그들에게… 연락을 넣으시오."

"옳은 결정이오."

세르게예비치 백작의 입이 떨어지자 에머슨 백작은 그 즉시로 몸을 돌려 집무실을 벗어났다. 촌각을 다투는 일이다. 잠시의 머뭇거림도 필요 없었다.

"또한, 각자 준비들 하시오."

"명을 따릅니다."

모든 기사들과 귀족들이 집무실을 벗어났다. 커다란 집무실에 덩그러니 혼자 남게 된 세르게예비치 백작. 그는 모두가 나간 지금 이 순간에도 여전히 깊은 생각에 잠겨 있었다.

"내가… 너무 몰랐던가?"

어쩌면 이번 거사는 실패할지도 모른다는 생각이 불현듯 뇌리를 스치고 지나갔다. 단편적으로 알려진 폴라리스 왕국의 현 상황과 자신이 알아본 폴라리스 왕국의 상황.

그리고 구데리안 공작의 입을 통해 전해 들은 폴라리스 왕국의 상황과 폴라리스 왕국의 국왕과 일왕자에 대한 비사. 어떤 것을 믿어야 할지 혼란스러움에 정신이 혼미해질 지경이었다.

확실하다 생각되었던 것이 모두 불확실해지고 있었다. 하지만 이미 결과는 정해졌다. 가지 않을 수 없다는 것을 말이다. 구데리안 공작을 적으로 돌려세웠으며, 폴라리스 왕국을 적으로 돌려세웠다.

지금에 와서 세르게예비치 백작이 할 수 있는 것이라고는 가늘게 연결된 한 줄기의 끈을 믿을 수밖에 없었다. 그리고 자신에게 동조하는 스무 명 남짓의 귀족을 믿을 수밖에 없었다.

만약 구데리안 공작의 말이 사실이라면 이미 이번 거사의 끝은 정해졌다고 해도 과언이 아니었다. 그러하기에 더욱 불안했다. 이곳에서 자신의 존재가 흔적없이 사라질까 불안했다.

끼이이익!

그때 집무실의 문을 여는 소리가 들려왔다. 세르게예비치 백작의 눈이 집무실의 문 쪽으로 향했다. 그곳에는 오랜 친우이자 동반자가 걸어오고 있었다. 언제나 믿음직한 모습으로 말이다.

"연락했네."

"하겠다 하던가?"

"전폭적으로 지원해주겠다고 하더군."

"누구를 보내겠다고 하던가?"

"암영 3개 대와 흑기사 1개 대를 보내준다고 하더군."

"……."

침중한 얼굴로 말하지 않는 세르게예비치 백작이었다. 그
에 에머슨 백작은 기다렸다. 자신과 친우이자 동반자이지만
이 모든 일의 중심에는 바로 세르게예비치 백작이 있는 탓이
었다.

어찌 되었든 모든 결정권을 가진 자는 자신이 아니라 세르
게예비치 백작이었기 때문이었다.

"자네가… 가줄 수 있겠나?"

"최소한 3백의 기사가 필요하네."

"필요하다면. 또한, 마스터를 죽이는 데 있어서 3백의 기사
면 결코 과하지 않을 것이라 생각하네."

"성공하지 못할 수도 있네."

"알고 있네."

둘의 눈빛이 부딪혔다. 굳은 신뢰를 보내는 둘의 시선이었
다. 세르게예비치 백작의 고개가 끄덕여졌다. 그에 에머슨 백
작 역시 고개가 끄덕여졌다. 그리고 잠시의 지체함이 없이 몸
을 돌려세우는 에머슨 백작이었다.

CHAPTER
03
반 란

Knight King

　한편 구데리안 공작은 오십의 호위 기사를 대동하고 여유 있게 이동하고 있었다. 구데리안 공작은 세르게예프 백작에게 선택권을 넘겼다. 하지만 결코 원래의 자리로 돌아오지 않을 것이라는 것을 알고 있었다.

　그러함에도 불구하고 이리도 여유롭게 진행하는 연유는 바로 그들의 배후를 캐기 위해서였다. 세르게예프 백작이 아무리 뛰어나다 해도 이미 자리를 잡아가고 있는 폴라리스 왕국을 향해 무모하게 검을 빼 들 수는 없었다.

　반드시 누군가가 그를 충동질했을 것이고, 그 충동질은 단순히 하루이틀 사이에 이루어진 것이 아닐 터였다. 또한 그러한 충동질이 단순히 한 개인이 할 수 있는 범주를 넘어서고 있었다.

영지전이라면 모르겠다, 한 개인이 충동질하면 충분히 일어날 수 있을 것이기에. 물론 그러한 영지전도 하위 귀족들의 경우이지, 대영주급의 귀족들에게는 해당사항이 없다.

이유는 바로 대영주쯤 되면 이미 개인이 아니라고 할 수 있기 때문이다. 정치적인 입김과 이웃 영지와의 관계 등 대내외적인 상황을 주도면밀하게 고려해야만 했다.

그런데 한 왕국을 전복하려는 반란이다. 일개 하급 귀족도 아니고 백작의 자리에 있는 고위 귀족이 그러한 결심을 하는 데에는 반드시 어떠한 힘이 작용할 수밖에 없는 것이다.

대략적인 짐작이 아니라 확실한 것이 필요했다. 해서 구데리안 공작은 지금 스스로 미끼가 되고 있었다. 이미 모든 조치는 취해졌다. 만약 구데리안 공작의 배려를 저버린다면 필히 자신을 죽이러 누군가가 움직일 것이고, 마스터쯤 되면 병력의 수는 문제가 되지 않는다는 것쯤은 그들도 알고 있을 터.

결국 소수 정예로 올 것이고, 거기에는 반드시 배후의 존재가 있을 것이다. 그래야만 전력을 아낄 수 있을 터이니 말이다.

"준비는 되었는가?"

"완벽합니다."

"국왕 폐하께옵서는?"

"재량에 맡기신다 하셨습니다. 처음과 끝 모두를 말입니다."

"준비들 하게."

"명을 따릅니다."

적당한 장소. 사방은 산으로 둘러싸여 있고, 외진 길 한복판. 이 정도면 암습하기에 너무나도 적당한 자리였다. 그것을 증명이라도 하듯이 구데리안 공작의 전면으로 일단의 군마가 다가오고 있었다.

"어딜 그리 급히 가십니까?"

말을 달려오며 큰 소리로 물어오는 이는 다름 아닌 에머슨 백작이었다.

"이런 정도의 행군을 급히 간다고 하면 병사들은 날아다니는 것이겠군."

"하하하하."

구데리안 공작의 대응에 호위 기사들이 소리 높여 웃었다. 기세를 꺾기 위해 혹은 어디를 도망가느냐고 해서 상황에 대한 판단력을 흐리게 할 목적이던 에머슨 백작의 술수는 보기 좋게 빗나가고 있었다.

"나이를 공으로 드신 것은 아닌 모양입니다."

"자네는 공으로 백작의 자리에 앉았나 보군. 내가 누군지 잊어먹은 모양이네만."

그 말과 함께 구데리안 공작의 기세가 변했다. 동시에 구데리안 공작을 중심으로 좌우 뒤까지 삼면을 에워싸는 호위 기사들이었다. 구데리안 공작이 흘리는 기세도 감당하기 힘들거늘 50명의 익스퍼트 중급 이상의 기사들이 한꺼번에 흘리는 기세는 가히 숨이 멎을 정도로 대단한 것이었다.

"겨우 300으로 나를 제거하러 온 것은 아닐 터이고, 어느 쪽인가?"

이미 모든 것을 짐작하고 있다는 듯이 말을 하는 구데리안 공작이었다. 그러나 에머슨 백작은 쉽게 말을 뱉을 수 없었다. 그는 지금 자신에게 쏟아져 들어오는 구데리안 공작의 기세를 감당하기에도 벅찼다.

이미 얼굴은 백지장처럼 새하얘졌고, 식은땀을 줄줄 흘리고 있었다. 말고삐를 잡은 손은 가늘게 떨고 있었으나 시간이 지날수록 그 떨림은 더욱더 커지고 있었다.

"끄으음."

자신에게 쏟아지던 기세가 사라지자 에머슨 백작은 저도 모르게 앓는 소리를 내질렀다. 하지만 그의 얼굴은 헬쓱하게 변해서 아직도 그 기세에서 완전히 벗어난 것 같지 않았다.

"어느 쪽이냐고 물었네."

"…대답할 수 없다는 것 역시 아시지 않습니까?"

"허허허, 배신은 했어도 기사는 기사인가? 뭐, 조금 후면 드러나겠지. 나서게."

구데리안 공작의 말에 호위대장인 콜드 경이 호위 기사 전원과 함께 앞으로 나섰다. 근 3백에 이르는 습격자들과 겨우 50에 이르는 호위 기사들이었다. 어떻게 보면 전혀 대적이 되지 않을 것 같았으나 앞으로 나서는 기사들의 얼굴에는 일말의 망설임조차 찾아볼 수 없었다.

"나서지 않으실 것입니까?"

"자네와 자네가 거느린 인원은 50이면 충분하네."

꿈틀.

구데리안 공작의 말에 에머슨 백작의 인상이 일그러졌다. 분명 아니라고 반박하고 싶었다. 하지만 섣불리 그 말이 튀어나오지 않았다. 지금 자신의 앞으로 걸어 나오는 호위대장이라는 자만 보아도 그러했다.

자신과 동수이거나 그 이상이었다. 어디서 이런 종자들이 튀어나왔는지 알다가도 모를 일이었다. 이것은 단시간에 이루어질 수 있는 일이 아니었다. 물론 전란의 시대이니만큼 과거 안온했던 제국 시절과는 다르게 출중한 기사들과 마법사들이 많아진 것은 사실이었다.

하지만 폴라리스 왕국은 신생 왕국이었다. 그것도 북부를 기반으로 두고 있는 그런 신생 왕국이 자신조차 함부로 가늠할 수 없을 실력자를 두었다는 사실을 쉽게 믿을 수 없었던 것이었다.

"모두가 우리를 막는다 하여도 공작이 죽는 것은 분명한 사실이오."

"홋, 하늘이 무서워 검은 천으로 혹은 검은 플레이트 메일로 온몸을 얼굴까지 모두 가리고 숨어 있는 이들을 믿고 그리도 자신만만한 것이라면 미안하게 되었군."

움찔.

'역시 마스터라는 것인가? 오늘은… 길보다 흉이 더 많을지도.'

압도적인 숫자의 병력에도 불구하고 에머슨 백작의 얼굴은 여전히 창백하고 일그러짐이 펴지지 않았다. 불길한 감각이 온몸을 휘감고 있음에 절로 손에 땀이 났다.

에머슨 백작은 크게 호흡을 들이켰다. 마치 자신을 다독이는 것처럼 말이다. 그리고 수중에 있던 검을 꺼내 들고 외쳤다.

"쳐랏!"

"명!"

그에 구데리안 공작의 후위기사들 역시 마주 달렸다. 그 모

습을 구데리안 공작은 그저 지켜보았다. 내 일이 아니라는 듯
이 말이다. 그들이 정면으로 마주쳐 가는 모습을 보던 구데리
안 공작의 입이 열렸다.

"이제 그만 나오는 것이 어떠한가? 저쪽이 시작했으니 이
쪽도 시작해야 하지 않겠는가?"

그렇게 말을 하면서 서서히 몸을 돌려 세우는 구데리안 공
작이었다. 한낮의 햇볕에도 불구하고 온몸을 온통 검은색으
로 통일한 이들이 어느새 구데리안 공작의 전면에 나타나 있
었다.

양손에 쿠쿠리를 들고 둥그렇게 넓은 원을 만들고 있는 40명
이 넘어가는 자들과 말을 타고 흑색의 풀 플레이트 메일을 입
은 기사들로 보이는 자 15명이 구데리안 공작을 바라보고 있었
다.

그들에게서는 진하고 비릿한 향기가 났다. 그것은 죽음의
냄새였고, 진득한 피 냄새였다.

"이스턴인가?"

나직히 중얼거리는 구데리안 공작이었다. 그가 이렇게 대
번에 이들을 알아볼 수 있었던 것은 베르누크에게 들은 기억
이 있기 때문이었다. 과거 제국의 황도 탈환 작전을 할 당시
동부군이 맡았던 지역에서 나타났던 정체불명의 병력들에 대
해서 말이다.

범인이라면 그저 흘려들었을 법도 하건만 구데리안 공작은 이미 범인의 범주를 벗어난 인간이었다. 또한 그는 천생 기사라 할 수 있었기에 작전에 관한 혹은 이미 적이 되어버릴 가능성이 농후한 상대 왕국에 관한 정보를 소홀히 할 이유가 없었다.

그것은 구데리안 공작을 둘러싼 자들 역시 만만치 않았다. 구데리안 공작의 발언에 대하여 어떠한 반응조차 보이지 않았으며, 조금씩 포위망을 좁혀오고 있었다.

구데리안 공작은 말에서 내렸다. 그리고 말의 엉덩이를 철썩 때려 말을 다른 장소로 보내고 검을 꺼내 들었다. 구데리안 공작은 검과 방패, 공격과 방어의 밸런스를 완벽하게 맞춘 자세를 취했다.

가장 정통적이고 무난한 기사의 무구이겠으나 작금의 시대에 이르러 검과 방패를 함께 사용하는 기사는 드물었다. 공격 면에서도 방어 면에서도 어중간하다는 이유에서였다.

하지만 구데리안 공작은 검과 방패를 사용했다. 마스터쯤 되면 검이 공격용이고 방패가 방어용이라는 경계가 무너진다. 검도 방어용이 될 수 있었고, 방패도 적을 공격하는 무기가 될 수 있었기 때문이었다.

검은 물결이 안개처럼 구데리안 공작을 향해 쇄도해 들었다. 아니, 쇄도하는 것이 아니라 마치 물에 스며들듯 사라졌다. 그에 구데리안 공작이 방패를 앞으로 세우고 왼발을 축으로 해서 바람을 가르며 휘돌았다.

콰차자자장.

그에 구데리안 공작에게 몰려들던 검은 안개가 햇빛에 갈라지듯 사방으로 갈라지며 핏물이 튀었다. 하나, 구데리안 공작의 공격은 거기에서 끝나지 않았다.

구데리안 공작의 몸의 흩어졌다. 검이 휘돌며 하늘을 날았고, 방패는 구데리안 공작의 몸을 감싸며 다가오는 모든 방향에서 다가오는 무기를 막아내고 있었다.

고요하고 한적하기만 했던 숲 속 한가운데 검광이 충천하고 피비린내가 진동하기 시작했다. 구데리안 공작의 일격에 여기저기 죽어 널브러진 시체가 진득한 핏물을 게워내며 드러나 있으나 흑색의 복면인들은 비명 소리조차 내지 않았다.

40명의 넘어가는 인원 중 절반의 수가 순식간에 죽어가자 쿠쿠리를 든 복면인의 뒤에서 그림자처럼 서 있던 열다섯에 이르는 기사들이 움직였다. 그에 쿠쿠리를 든 복면인이 물러났다.

쿠쿠리를 든 복면인보다 더욱 광포한 기세가 구데리안 공작에게로 엄습했다. 그들을 바라보는 구데리안 공작의 눈은 약간의 의문이 깃들었다. 이들은 분명 마스터가 아니었다.

아무리 광폭한 기세를 내뿜는다 하더라도 그것이 자신에

게 영향을 줄 리는 만무하였다. 한데, 피부에 전해지는 이 따끔따끔한 감각은 도대체 무엇이란 말인가.

'특이한 단련법을 가진 모양이로군. 하나, 그렇다 해도 달라지는 것은 없다.'

그들이 내뿜는 살기는 분명 마스터인 자신에게도 상당히 위협적으로 다가왔다. 모두 최상급 중 최상급이라면 가능할 일이다.

분명 마스터는 없으니 쿠쿠리를 든 복면인은 물론 검은색 풀 플레이트 메일을 입은 흑기사들 역시 최상급일 것이었다. 최상급의 기사가 마흔이 넘는다면 충분히 마스터에게도 위협적이라 할 수 있으니 말이다.

기사들이 쇄도해 오자 구데리안 공작 역시 기세가 바뀌었다. 마치 철벽을 연상시키듯 단단하게 바뀐 구데리안 공작의 기세에 잠시라도 당황할 법도 하건만 쇄도해 오는 흑기사들은 일말의 표정조차 변하지 않았다.

물론, 얼굴 전체를 가리는 헬름으로 인해 그 표정을 알 수 없었으나 구데리안 공작은 감각적으로 느끼고 있었다.

쿠드드득!

구데리안 공작이 한 발 한 발이 대지를 밟아가자 마치 지진이라도 난 듯이 대기가 흔들렸다. 그리고 그의 몸 주변에서 새하얀 실과 같은 푸른색의 줄기가 사방으로 뻗어나갔다.

콰차자자장.

그 푸른색 줄기를 향해 겁도 없어 최상급의 오러 리저넌스를 시전하여 부딪혀가는 흑기사들.

파바바박.

푸른색의 줄기가 흑기사들의 검을 박살 내고 그들의 팔과 가슴과 복부를 파고들었다. 진득하고 비릿한 피비린내가 갑자기 사방을 채워나갔다. 하지만 흑기사들은 물러나지 않았다.

오히려 더욱더 빠르게 구데리안 공작을 향해 쇄도해 들었다. 그리고 그 뒤를 그림자처럼 따라 붙는 이들이 있었으니 흑기사가 나서자 외곽으로 빠져·둥글게 커다란 포위망을 형성했던 쿠쿠리를 든 복면이었다.

사방을 빼곡하게 둘러싸 거침없이 쇄도해 오는 흑기사들과 복면인. 순간적으로 구데리안 공작은 무언가 잘못되었음을 느꼈다.

급속하게 다가오는 흑기사와 흑의 복면인들.

거의 1미터도 안 되는 거리까지 접근한 흑기사들의 얼굴이 미미하게 변하는 것을 느꼈다. 그것은 죽음의 미소였다. 불길한 느낌이 든 구데리안 공작은 이내 마나홀이 텅 비도록 마나를 끌어 올려 온몸을 보호하였다.

콰카가가가각!

폭발했다.

무려 다섯에 이르는 흑기사들이 폭발했다. 지독히도 진한 마나가 한꺼번에 송곳이 되어서 구데리안 공작의 전신을 향해 폭사해 들어왔다.

투두두두둥!

넓은 나무의 잎사귀에 굵은 빗방울이 떨어지는 듯한 소리가 들려왔다. 하지만 그것으로만 그들의 파상적인 공세가 끝난 것은 아니었다. 이어져 쇄도해 들어오는 흑의 복면인들의 공세.

구데리안 공작은 분노했다. 겨우 최상급의 기사들과 어째신을 연상시키는 복면인들에게 이런 낭패를 당하는 것 자체가 마음에 들지 않았다. 마스터가 적으로부터 방어를 한다니 말이 안 되는 소리였다.

"나는 대폴라리스 왕국의 마스터다!"

거친 구데리안 공작의 음성이 토해졌다. 그 안에는 방어를 하는 마스터로서의 분노를 담고 있었다. 그리고 답답한 자신의 처지도 한꺼번에 담고 있었고, 과거의 인연을 용서코자 하는 자신의 선의에 검을 들이미는 인연에 대한 분노 역시 담겨져 있었다.

그 외침과 함께 구델안 공작의 방패가 날아올랐다. 그 방패에는 방패보다 더 넓고 방패보다 더 날카로운 푸르디푸른 오

러 실드가 시전되어 있었다. 그와 함께 한 손으로 잡았던 검
병을 두 손으로 잡아 들었다.

쒸하아아아악!

포물선을 그리며 날아가는 방패. 오러 실드가 시전된 방패
는 이미 방어를 위한 것이 아니었다. 날카롭기 그지없는 방패
는 가로막는 모든 것을 잘라내었다. 검보다 더 날카롭게.

검붉은 피가 허공으로 치솟아 올랐다. 그와 함께 떠오르는
흑기사의 목과 흑의 복면인의 목. 날카롭게 두 동강 난 검과
허리가 잘려 나가 썩은 고목이 무너져 내리듯 무너져 내리는
흑기사들.

그에 남은 흑기사 모두가 한꺼번에 구데리안 공작을 향해
쇄도해 들어왔다. 검고 칙칙한 오러 리저넌스의 공명음이 대
기를 울렸다.

끼아아아아아악!

마치 유령의 그것처럼 날카롭게 울어젖히는 흑기사들의
오러 리저넌스. 범인이라면 그 소리에 고막이 터지고 마나 홀
이 다쳐 칠공에서 피를 흘리고 죽어나가거나 혹은 정신이 혼
미해져 제대로 된 대응을 하지 못할 것이었다.

하지만 상대는 무려 30년 가까이 마스터의 자리를 공고히
지켜온 구데리안 공작이었다. 또한, 그 누구보다도 전투의 경
험이 많은 노련한 마스터였다.

까라라라랑!

임무를 마치고 귀환하는 방패와 검을 서로 부딪혀 날카롭게 울부짖어 정신을 혼미하게 만드는 울음을 상쇄시켰다.

"말을 했을 것이다, 나는 마스터라고."

쿠후우우웅!

구데리안 공작의 주변으로 마나의 파동이 퍼져 나갔다. 그리고 그 파동과 함께 사방을 휘도는 구데리안 공작의 검이었다. 방패는 어디로 갔는지 보이지 않았다. 하지만 그것을 신경 쓸 여유조차 없는 흑기사들과 흑의 복면인들이었다.

구데리안 공작은 자잘한 상처는 무시했다. 살갗이 조금 잘려 핏방울이 터져 나온다 해서 이 전투에 영향을 주는 것은 없었다. 한 명의 흑의 복면인이 갑자기 구데리안 공작의 시야로 확대되었다.

급격하게 몸을 돌려 검을 아래에서 위로 걷어 올렸다.

촤하아악!

그대로 반으로 갈라져 나가는 흑의 복면인. 눈앞을 가리는 검붉은 핏방울. 그때 허리 언저리가 뜨끔했다. 흑기사의 날카로운 검이 구데리안 공작의 플레이트 메일을 가르고 피륙에 상처를 입힌 것이었다.

'독?'

아차! 하는 생각 구데리안 공작의 뇌리를 스치고 지나갔다.

자잘한 피류의 상처는 그저 지나갔다. 독이 없음을 느꼈기 때
문이었다. 그런데 그것이 함정이었던 것이었다.

구데리안 공작은 재빠르게 마나를 돌려 독이 몸에 퍼지는
것을 눌렀다. 보통의 마스터라면 불가능할 것이었지만 막대
한 마나를 가지고 있는 구데리안 공작이라면 그리 어렵지 않
은 상황이었다.

다만, 상황이 상황인지라 요상을 할 수 없어 그저 독이 퍼
지지 않게 마나로 눌러두는 응급처치만 할 뿐이었다. 하지만
그것 하나만으로도 구데리안 공작의 움직임은 조금씩 느려졌
다.

한 곳에 정신을 집중할 수 없었기 때문이었다. 독에 중독되
었음을 알아서인지 흑기사들과 흑의 복면인들의 파상적은 공
세가 시작되었다. 이미 절반이 죽어나갔으나 전혀 그 공세를
늦추지 않고 오히려 더욱더 강력하게 밀어붙이고 있는 흑기
사들과 흑의 복면인들이었다.

구데리안 공작은 그 속으로 뛰어들었다. 이제까지와는 전
혀 다른 가장 적극적인 자세였다. 그와 동시에 그의 손을 떠
난 방패가 흑기사들과 흑의 복면인들의 뒤를 공격했다.

카가가가각!

서걱!

허리가 잘려 나가고 가슴이 꿰뚫리고 목이 허공으로 떠올

랐다. 다시 치열한 접전이 벌어졌다. 그들의 움직임에 허공으로 떠오른 먼지가 시야를 가렸고, 검붉은 핏방울이 마치 뿌연 안개처럼 퍼져 전장을 불투명하게 만들었다.

쿠드드득! 콰가가가강!

마침내 커다란 폭음이 터져 나왔다.

그리고 사방으로 비산하는 흑기사들과 흑의 복면인. 그들은 이미 피떡이 되어 있었고, 살아 숨 쉬는 이들은 없었다. 그리고 서서히 가라앉는 흙먼지. 장내에 들어난 상황은 구데리안 공작을 중심으로 둥근 원을 그리며 피떡이 되어 쓰러져 있는 흑기사들과 흑의 복면인들이었다.

전원 사망이었다. 살아남은 이들은 없었다. 그들은 오로지 죽는 것을 알면서도 불속으로 날아드는 부나방과 같았다.

똑! 똑!

구데리안 공작이 잡은 검병에서는 선혈이 흘러내려 대지에 떨어져 내렸다. 메마른 대지는 떨어져 내린 선혈로 인해 풀썩 먼지가 솟아올랐다.

"끄으음."

앓는 소리를 낸 구데리안 공작의 안색은 창백했다. 그러한 그의 시선이 서서히 자신의 옆구리를 향했다. 마법으로 강화된 풀 플레이트 메일이 쩍 갈라져 있었다.

그 속에는 시꺼멓게 죽어 있는 피부가 보였다. 그 속에서 흘러내린 검붉은 피가 플레이트 메일에 닿자 치지지직 소리를 내며 녹아 내렸다.

"지독하군."

그리고 상처 부위의 주변으로 몇 군데를 툭툭 눌러주더니 이내 허리를 펴고 3백의 적과 싸우고 있는 호위 기사들이 있는 곳을 바라보았다. 그곳의 상황 역시 조금씩 정리가 되고 있었다.

"멈춰라!"

저벅! 저벅!

구데리안 공작의 걸음이 전장의 한가운데로 향했다. 비록 창백한 안색이고, 옆구리가 찢어져 있을지라도 그 대단한 기세는 여전했다. 그에 호위 기사들은 좌우로 갈라져 구데리안 공작에게 길을 열었다.

50의 기사들 중 살아남은 기사들은 30이 조금 넘었다. 반면에 300에 이르던 습격자들은 겨우 20명 남짓 남아 있을 뿐이었다. 대승도 이런 대승이 없었다. 하지만 구데리안 공작은 그것마저도 마음에 들지 않는 듯했다.

"훈련이 약했던 모양이군."

조용한 한마디에 호위대장인 콜드 경이 고개를 숙였다.

"죄송합니다."

"물러나게."

“명!”

구데리안 공작의 말에 조용히 그의 뒤로 움직여 호위 대형을 갖추는 기사들이었다. 그러한 그들은 아랑곳하지 않고 구데리안 공작은 전면을 바라보았다.

그곳에는 바스타드 소드에 몸을 맡기고 겨우 겨우 서 있는 에머슨 백작이 구데리안 공작을 바라보며 서 있었다.

“살려주지. 가서 전하게. 이로서 과거의 인연은 모두 끝이 났다고.”

그 말이 끝났을 때 어디론가 보냈던 구데리안 공작의 말이 돌아와 있었다.

“전원 기마!”

“기마!”

“왕국 인장기 앞으로!”

“앞으로!”

펄럭!

한 명의 기사가 폴라리스 왕국의 인장기를 들고 앞으로 나섰다. 피비린내 나는 이곳에 소원을 비는 별이 떴다.

“공작가의 인장기 앞으로!”

“앞으로!”

펄럭!

그 후로 국방부 인장기가 펼쳐졌고, 동부 방면군의 인장기와 군단 인장기가 펼쳐졌다. 이건 흡사 전쟁에서 승리하고 개선하는 장군과 같은 위세였다.

뚜걱! 뚜걱!

말을 모는 구데리안 공작의 시선이 여전히 자신을 쏘아보고 있는 에머슨 백작을 향했다. 창백한 구데리안 공작의 입가에 하얀 선이 만들어졌다. 명백한 비웃음일 것이었다.

이 정도로는 나를 감당할 수 없을 것이다. 혹은 준비한 것이 겨우 이것이냐? 이런 정도의 비웃음이었다.

"으드득!"

그에 에머슨 백작은 이를 갈아붙였다.

"후회하게 될 것이오."

"그럴 시간이 있었으면 좋겠군. 가지!"

"명!"

시체를 수습한 기사들이 움직였다. 구데리안 공작은 허리를 꼿꼿하게 세운 채 전장을 벗어나고 있었다. 그리고 에머슨 백작이 완벽하게 안 보일 때쯤 어깨를 들썩이고야 말았다.

"쿨럭!"

한 움큼의 핏덩이를 쏟아내고 있었다. 그에 콜드 경이 다가와 부축하며 걱정스럽게 물었다.

"괜찮습니까?"

"음, 조금 어지럽군."

“본국에 연락을 취하도록 하겠습니다.”

“그러도록 하게. 아무래 상당히 독한 독에 당한 것 같군.”

거기까지 말을 한 구데리안 공작은 그대로 혼절하고야 말았다. 그의 옆구리에서는 여전히 죽어버린 검붉은 피가 마치 녹아내리듯 흘러내리고 있었다.

“독에 당했다고?”

“그렇습니다.”

“무슨 독인데?”

“악마의 눈물이라고 합니다.”

“……”

아무 말이 없는 베르누크였다. 카림 역시 아무 말을 하지 않았다. 악마의 눈물. 회생 불능이라는 절대적인 독. 만약 구데리안 공작이 마스터가 아니었다면 노출되는 순간 절명했으리만큼 치명적인 독이었다.

치사율 100%.

여태껏 악마의 눈물에 노출되고 살아남은 자는 없었다.

“노친네가 일 좀 해보라고 보냈더니만 애들이 찌른 칼에나 당하고 말이야. 카이시스 대공은 뭐라는데?”

“쉽지 않은가 봅니다.”

꿈틀.

베르누크의 눈가가 잘게 꿈틀거렸다. 드래곤인 카이시스마저도 쉽지 않다라는 말의 의미를 모르겠어서였다. 그 정도로 치명적인 것인지 아니면 유희 중의 일이기에 인간의 한계에서 어쩔 수 없는 것인지 말이다.

"용서할 수 없군."

"어찌하시겠습니다."

"직접 가야지. 동부 방면 군에 명을 내려. 준비하라고."

"알겠습니다."

카림이 명을 받고 집무실을 벗어났다. 카림이 나가는 것을 보고 의자에 깊숙이 몸을 묻는 베르누크였다. 그리고 다시 문이 열리는 소리가 들려왔다. 하지만 베르누크는 고개를 돌리지 않았다.

척컥! 철컥!

베르누크의 앞에 서는 자.

그는 아니 그녀는 테레지아 백작이었다. 이미 국혼의 날짜까지 잡았음에도 여전히 백작으로서 왕도 방위 사령관으로서의 역할을 하고 있었으며, 가벼운 경장보다는 풀 플레이트 메일에 검을 차고 업무를 보고 있었다.

"저 또한 가겠사옵니다."

"음?"

그제야 고개가 돌려지는 베르누크였다.

"아니, 그럴 필요는……."

그때 무릎을 꿇고 베르누크의 두 눈을 올려다보며 두 손으로 베르누크의 얼굴을 감싸는 테레지아 백작이었다.

"폐하께옵서는 이제 모든 것을 혼자 감당하실 필요가 없사옵니다. 폐하의 곁에는 제가 있고, 지크가 있사오며, 클라우제비츠가 있고, 베인 후작이 있사옵니다. 또한 저는 그저 아름다운 왕비로 남고 싶지 않사옵니다. 저는 중급의 정령을 다룰 수 있사오며 최상급의 기사이옵니다. 저를 영혼을 함께할 반려로 생각하시오면, 혹은 진정으로 저를 사랑하신다면 그곳이 어느 곳이든 저와 함께하시길 바라마지 않사옵니다."

너무나도 잔잔한 말이었다. 헌데 그 잔잔한 말이 베르누크에게는 감동을 주고 있었다. 기실 베르누크는 지인이 죽어가는 것에 대하여 상당한 상처를 가지고 있었다.

그럴 수밖에 없는 것이 자신의 의지와는 전혀 상관없게 혹은 어떠한 힘도 없이 그저 무기력하게 자신의 주변에 있는 모든 이들을 떠나보내야 했던 베르누크였다.

아버지가 그러했으며, 형이 그러했고, 어머니도 그러했다. 그들이 죽어가는 것을 꼼짝없이 지켜보기만 했다. 무엇을 할 수도 손톱만큼이라도 그들을 위해 무언가를 해주었다면 상처가 되지 않았을 것이다.

아무것도 할 수 없는 무기력한 존재. 바로 그런 존재에 대한 트라우마가 존재하는 베르누크였다. 때문에 누구보다 가장 먼저 앞장서 적진을 향해 돌진했던 것인지도 몰랐다.

베르누크 스스로도 그것을 알고 있었다. 하지만 스스로 고치려 하지 않았다. 지금과 같은 전란의 시대에 그런 트라우마를 가지고 가장 앞서 적진을 향해 돌진하는 자신이었기에 바로 이 자리에 서 있을 수 있었기 때문이다.

하지만 트라우마라는 것이 꼭 그렇게 좋은 것만 있는 것은 아니었다. 베르누크는 항상 혼자 너무 많은 것을 떠안고 있었다. 자신의 곁에 많은 사람들이 있음에도 불구하고 항상 직접 움직였다.

과거 남작이나 자작이었을 때라면 몰라도 지금은 일국의 국왕이었다. 국왕이라는 것이 그리 간단하게 움직일 수 있는 위치는 아니었다. 그리고 그렇지 않아도 처리해야 할 업무가 산더미 같은 국왕의 자리에 앉아 있음에도 불구하고 그러한 습성을 버리지 못하고 있었다.

알지만 섣불리 치유될 수 없는 과거의 트라우마는 세심한 손길이 필요하지만 정작 그의 곁에서는 그러한 세심한 손길과 마음이 없었다. 만약 베르누크가 마스터가 아니었다면 이미 정신적인 붕괴가 일어날 수 있었을지도 모를 상황이라는 것이었다.

그 역할을 지금 테레지아 백작이 맡았다. 이미 모두에게 왕

후로 폴라리스 왕국의 모든 왕국민에게 국모로서 인정을 받
고 있는 테레지아 백작이었다. 아직 정식으로 국혼을 올리지
않았으나 모두가 인정하는 테레지아 백작이었기에 지금과 같
은 상황이 가능한 것일 게다.

"고맙… 구려."

고맙다는 베르누크의 말에 테레지아 백작은 그저 웃을 뿐
이었다. 그 이상도 이하도 필요치 않았다. 그저 담담하게 물
흐르듯 흘러가면 되는 것이었다. 정열적이지도 차갑지도 않
았다.

누가 본다면 그저 미지근한, 어찌 그런 사랑이 있을 수 있
느냐 하는 말을 하겠으나 베르누크와 테레지아 백작은 이것
이 좋았다. 혼자 있어도 좋았다. 하지만 둘이 같이 있으니 더
좋았다. 기댈 수 있고, 위로받을 수 있고, 서로 함께 기뻐할
수도, 슬퍼할 수도 있는 그런 미지근한 사랑.

베르누크와 테레지아 백작은 서로를 보며 살짝 웃으며 일
어섰다.

"준비하겠사옵니다."

"나 또한 준비하겠소."

반란이 일어났다. 국왕이 국혼이 있기 불과 네 달을 남겨
놓고 반란이 일어났다. 기사 아카데미의 원장이자 폴라리스

왕국의 삼대 마스터 중 한 명이며 현 국방부 장관이 구데리안 공작이 그들의 기습을 받아 혼수상태에 빠졌다.

그에 폴라리스 왕국의 국왕이 직접 군사를 일으켰다. 바이큰 왕국과의 전쟁을 친정한지 얼마 안 되서 또다시 전장으로 향하는 국왕이었다. 그리고 그의 곁에는 여전히 테레지아 백작이 곁을 수행했다.

폴라리스 왕국의 국왕이 직접 반란군을 친정하는 동안 왕도는 지그프리트 아이젠 일왕자가 국정을 운영하였고, 베인 후작과 롬멜 백작이 그의 곁을 보좌했다. 카이시스 대공은 여전히 바이큰 왕국의 잔당을 처리함과 더불어 서부를 안정화시키는 데 총력을 기울이고 있었다.

폴라리스 왕국이 또 한 번 들썩였다. 전군을 진군시킨 것은 아니나 동부군을 움직일 정도면 반란군의 세가 그리 만만치 않다는 것을 의미하기 때문이었다.

그리고 반란군의 수괴가 바로 3천의 제국의 유신 중 수십에 이른다는 것을 알았을 때 이제 폴라리스 왕국의 정책을 이해하고 적응하던 제국의 유신들이 숨을 죽였다.

혹시라도 그 불똥이 자신들에게 뛸 것을 저어했기 때문이었다. 하지만 그들에게는 그 어떠한 불이익도 없었다. 그들은 이미 폴라리스 왕국민이기 때문이었다.

하지만 그것은 그들을 받아들인 입장에서의 생각이었고,

제국의 유신이었던 이들에게는 참으로 청천벽력과 같은 일임은 틀림없었다. 그리하여 제국의 유신들 중 검을 잡을 수 있는 자는 모두 그 토벌전에 참여하기를 원하였다.

"국왕 폐하! 부디 통촉하여 주시옵소서."

"반란은 반란일 뿐. 그대들은 이미 폴라리스 왕국민이이지 않소. 한데 어이하여 토벌전에 참여하길 원한단 말이오."

"오명을 씻기 위해서이옵니다. 소신들 스스로 결백을 보이기 위해서이옵니다. 만약 이번 토벌전에 소신을 참여시키지 않는다 하면 평생 동안 무거운 짐을 지고 살아야만 하옵니다. 부디 통촉하여 주시옵소서."

"허어~ 이런, 이런."

베르누크는 난감해 했다. 이번 반란은 어떻게 보면 왕국을 반석 위에 올려놓기 위한 중요한 고비일 수 있었다. 모두의 마음을 하나로 모을 수 있는 기회였고, 역심을 품은 자들을 찾아 한꺼번에 처단할 수 있는 절호의 기회였다.

그 기회를 이용하고자 하는 마음 역시 없지는 않을 것이다. 하지만 이미 폴라리스 왕국에는 명목상의 신분이 있을 뿐이었다. 거기에 노예나 농노조차 없었다.

전공을 세운다 하여 이스턴이나 히르센처럼 노예를 더 받거나 혹은 작위가 더 올라가거나 또는 영지를 더 받는 것도 아니었다. 지금 저들은 명예를 원하는 것이었다.

왕국에 충성하여 이름을 드높일 수 있는 기회를 얻을 수 있었고, 그와 더불어 스스로의 만족 때문일 것이다. 자신은 진정한 폴라리스 왕국의 기사이고 귀족이라는 드높은 명성과 명예 말이다.

"국왕 폐하, 허하시옵소서. 이들은 검을 잡을 수 있는 자들이옵니다. 그들의 충정을 저버리지 않는 것이 옳다고 판단되옵니다."

"허~ 참. 클라우제비츠 후작까지 그러하다면 받아들이겠소. 단, 기억해야 할 것이 있소."

마지못해 승낙하는 모습을 보인 베르누크가 참전을 원하는 귀족들을 보며 입을 열었다. 그에 희색이 만면하던 귀족들의 얼굴이 긴장의 빛이 띄워졌다.

"죽지 마시오."

그 한마디에 모든 이들이 허리를 숙일 수밖에 없었다. 그 누가 있어 일국의 국왕으로서 수하들에게 죽지 말라는 당부를 할 것인가? 전쟁에 나가 용맹하게 싸워 이기고 돌아오라는 둥 혹은 죽기로 싸우라는 둥 전장에서 죽으라는 둥의 비분이 가득한 말을 내뱉을 것이다.

하나, 베르누크는 그들에게 죽지 말라고 했다. 살아 돌아오라 했다. 어찌 보면 지극히 어울리지 않은 말일 것이다. 하지만 베르누크의 진심이 그들에게 전해졌음인가?

그들은 감동하고 있었다. 가슴 깊이 감복하고 있었다. 그 모습을 바라보며 카림은 의미심장한 웃음을 지어보였다. 그것은 베르누크 역시 다르지 않았다. 마치 아주 만족한 듯 아주 일이 잘 흘러가고 있다는 듯이 말이다.

베르누크는 지금 동부의 골든 타운으로 들어서고 있었다. 그의 뒤에는 동부 국경을 방어하는 6만의 국경 방위군 중 절반에 해당하는 3만의 병력이 뒤를 따르고 있었다.

지금 베르누크의 눈은 분노라는 감정을 가득 담고 있었다. 바로 구데리안 공작 때문이었다. 언제나 쩌렁쩌렁한 목소리를 자랑하던 이가 눈을 감고 창백한 얼굴과 파리한 입술을 한 채 간신히 숨이 붙어 있었다.

그를 위해 베르누크는 많은 양의 마나를 쏟아부었다. 드래곤인 카이시스 대공이 나섰다면 모를까, 인간으로서 악마의 눈물을 해독한다는 것은 진정으로 지난한 일이었다.

하지만 베르누크는 해내었다. 그가 마법과 정령을 다룰 줄 알았기에 가능한 것이었다. 극에 이른 마나 컨트롤과 최상급 물의 정령인 엔다이론 그리고 8서클의 마법까지.

베르누크는 자신이 할 수 있는 모든 것을 했다, 꼬박 이틀 동안. 그 결과 구데리안 공작은 다시 살아났다. 아니 오히려 한 단계 더 진보했다. 다만, 악마의 눈물의 독성이 너무 강했기에 죽은 듯이 잠들어 있을 뿐이었다.

지금 베르누크가 분노하고 있는 것은 구데리안 공작이 다쳤기 때문이 아니었다. 검을 쥐는 순간 언제나 죽음은 곁에 있는 것이니 말이다. 또한 카이시스 대공이 도와주지 않아서가 아니었다.

카이시스 대공은 드래곤. 드래곤의 유희는 맹약이다. 유희가 발각되는 순간 드래곤은 유희를 그만두어야만 한다. 한데 베르누크에게 유희가 발각되고도 카이시스는 유희를 계속하고 있었다.

그는 인간으로서 유희를 하는 중이었다. 드래곤으로서가 아닌 인간으로서 말이다. 하니, 도와주지 않는 것이 아니라 능력이 안 되는 것이었다. 해서 오히려 더 기꺼운 베르누크였다.

베르누크가 분노한 것은 바로 악마의 눈물이라는 독 때문이었다. 악마의 눈물은 어쌔신 길드에서조차도 금지된 독이다. 히르센 제국이 들어선 이후로 악마의 눈물은 세상에 나오지 않았다.

그 정도로 대단한 악마의 눈물이었다. 그런데 그러한 악마의 눈물이 구데리안 공작에게 쓰였다. 그리고 구데리안 공작이 복면인과 흑기사들을 모두 처리하기는 했지만 그들의 공격은 기본적으로 자살 공격이었다는 말에 더욱 분노할 수밖에 없었다.

그 분노는 단순히 반란을 일으킨 세르게예비치 백작을 향한 것이 아니었다. 바로 그 흑의 복면인과 흑기사를 지원해 준 이스턴 왕국에 대한 분노였다. 지금까지 아주 가깝지는 않으나 그렇게 박대하지도 않았던 이스턴 왕국이었다.

그러하기에 베르누크가 느끼는 배신이라는 감정은 상당히 컸다. 기실 이스턴의 국왕과의 데면데면한 관계이기는 하나 그래도 어느 정도 선을 지킬 줄 알았다.

황도 탈환 작전시 난공불락의 캘프란 성을 함락한 진정한 이유가 바로 흑의 복면인과 흑기사 덕분이라는 것을 베르누크는 알고 있었다. 그때 당시 그들은 독을 사용하지 않았다.

순수하게 실력으로 캘프란 성을 함락시켰음에 당시의 밀리예프 후작에게 별다른 감정조차 지니지 않았다. 하지만 이번에는 아니었다. 독을 사용함과 동시 인간의 생명을 경시할 만한 작전이라 할 수 있었기에 그 실망과 배신감은 의외로 컸다.

"준비는?"

"모든 배치는 완료되었사옵니다."

카림의 말에 고개를 끄덕이고는 잠시 몸을 돌려 뒤를 바라보았다. 총 3만의 동부군 중 1만의 병력이 베르누크를 따르고 있었다. 또한 항상 베르누크의 곁을 지키던 제이와 데이브가 보이지 않았다.

"전군! 돌겨억!"

1만의 병력이 득달같이 반란군의 첫 번째 관문이라 할 수 있는 메디칼 성을 향해 돌격해 들어갔다. 그에 하늘을 새까맣게 물들일 만큼의 대단한 화살비가 쏟아져 들어왔다.

"세상을 지배하는 마나의 힘이여! 보이지 않는 손으로 적의 공격을 막아라! 마나의 방패! 프로텍트 프롬 미사일(Protect from Missile)!"

투두두둑!

마치 비가 무언가에 막혀 부딪히는 소리를 내며 하늘을 시꺼멓게 수놓았던 화살이 맥없이 튕겨져 나갔다. 하지만 메디칼 성에 있는 반란군들은 멈추지 않았다.

계속되는 화살비. 처음에는 단순히 화살만이 날아왔으나 메디칼 성에 가까워질수록 돌멩이가 날아오고 불화살이 날아오고 통나무 등이 날아왔다. 하지만 견고한 진압군의 마법 방어를 깨뜨릴 수는 없었다.

그리고 메디칼 성에 거의 가까워졌을 때 즈음해서 마법 공격이 시작되었다. 하지만 이미 그것조차도 감안하고 있었던 탓인가? 메디칼 성에서 쏟아져 나오는 마법은 대열의 중간중간에 배치되어 있는 진압군의 방어 마법에 막혀 어떠한 피해조차도 입히지 못하고 있었다.

　그러한 모습을 바라보던 메디칼 성의 성주는 그저 안타까운 목소리만 내뱉을 뿐이었다.

　"허어~ 우리가 너무 상대를 얕잡아 본 것인가?"

　그렇게 독백처럼 내뱉으며 고개를 좌우로 절레절레 흔들었다. 화살도 통하지 않았고, 마법도 통하지 않았다. 물론 수없이 많이 듣기는 했다. 폴라리스 왕국의 진정한 힘은 바로 마법사들에게 있다는 것을 말이다.

　그래서 마법사도 준비했다. 감언이설이나 혹은 금전이나 여자로 유혹하여 마법사들을 끌어들였다. 용병 마법사들도 끌어들였고 말이다. 하지만 결과는 아무런 소용조차 없다는 것이었다.

　"어찌합니까?"

　성주의 곁을 지키고 있던 부장이 물었다. 물어가는 부장 역시 얼굴 표정은 성주와 별다르지 않았다.

　"저들이 정면으로 들어올 것 같군. 성문 쪽을 더욱 보강하고 병력의 지원도 늘리게. 마법사들을 성벽에 올리고 말이네."

　"그런데 이상하지 않습니까?"

　"뭐가 말인가?"

　"공성을 하는데 어찌 공성 병기가 하나도 없습니다."

　"그건……"

성주 역시 알 수 없었다. 공성을 하는데 공성 병기가 없었다. 20미터에 이르는 성벽을 그냥 맨손으로 등반할 것도 아니고 말이다. 그렇다는 것은 그저 단순무식하게 성문을 돌파하겠다는 것과 다르지 않았으나 20센티 두께의 성문이 그저 검으로 두드린다고 해서 깨어져 나갈리는 만무하기 때문이었다.

말을 잇지 못한 성주가 복잡한 시선으로 여전히 말을 달려 정면으로 쇄도해 오는 진압군을 바라보았다. 여전히 불화살이 날아가고 마법이 날아가고 쇠뇌가 날아갔다.

하지만 피해를 입은 진압군은 하나도 없었다. 불안했다. 점점 목이 타올랐다. 등 뒤로 식은땀이 흘러내리기 시작했다.

'대체 이 불안감은 뭐지?'

그때였다.

쿠드드드드득!

갑자기 성벽이 움직이기 시작했다.

"어어엇! 조심! 조심해라!"

"우왁! 따, 땅이 소, 솟아오르고 있다!"

"무, 무엇이라?"

작은 진동이 아니라 중심을 잡을 수 없을 정도로 거대한 진동이었다. 성주와 부관은 눈을 커다랗게 뜨고 병사들이 외친 곳을 바라보았다. 병사들의 말처럼 진정 땅이 솟아오르고 있었다.

그것도 좌우로 족히 20미터는 되어 보일만큼 널찍하게 솟아오르고 있었다. 평평하고 아주 완만하게 전투마가 질주하기 딱 좋게. 물론 상당한 경사를 자랑하지만 앞에 걸리는 것조차 없는 경사는 성벽을 기어오르는 것보다 훨씬 훌륭하지 않은가 말이다.

"…주님!"

"성주님!"

"어? 아!"

"명령을!"

부장이 다급하게 외쳤다. 성주보다 더 빨리 정신을 차린 부장 덕택에 그 황당한 상황에 직면했음에도 불구하고 정신을 차린 성주였다. 그리고 이내 득달같이 외쳤다.

"마, 막아랏! 전 병력을 다 동원해서라도 막아라!"

성문 쪽으로 향하던 병력을 다시 되돌려 이제는 완벽하게 대지와 하나가 되어버린 성벽이 있던 곳으로 병사들이 몰려들었다. 그 맨 앞에는 예의 기사들이 은색의 풀 플레이트 메일을 입고 말고삐를 쥐고 득달같이 쇄도해 올라오는 진압군을 맞이하고 있었다.

성주의 눈이 날카로워졌다. 진압군은 올라오고 있고, 자신들은 내려가고 있었다. 당연히 전투에 있어서 굉장한 이점으로 작용한다. 그리고 공격을 하기 위해서는 실드나 혹은 마법 방어가 일시적으로 거두질 수밖에 없었다.

비슷한 병력이라 하나 엄밀히 말하면 자신들은 방어하는 입장이고 저들은 공격하는 입장이다. 또한 지리적으로 저들은 아래에 위치에 모든 병력이 드러난 상태이나 자신들은 위에 위치해 적들의 모든 움직임을 통찰할 수 있으니 훨씬 더 유리한 입장이라 할 수 있었다.

'이길 수 있다.'

이런 여러 가지의 판단하에 성주는 이길 수 있다는 판단을 내렸다. 하지만 성주의 그러한 생각은 이내 수정되어야만 했다. 가장 선두에 선 기사들과 맞닥뜨린 자 때문이었다.

쿠우~ 콰카가가각!

"으아아악!"

"이히히히힝!"

사람과 말이 한꺼번에 피떡이 되어 사라져 갔다. 거대한 체구에 3미터는 됨직한 할버드. 그리고 그 할버드에 서린 백염의 오러 블레이드.

덜덜덜.

성주의 몸이 급격하게 떨렸다. 얼굴은 핏기 하나 없이 창백해졌다.

"서, 설마……"

그러한 심정을 대변하듯 성주의 귓가에 천둥 같은 목소리가 들려왔다.

"짐이 폴라리스 왕국의 국왕이니라. 무릎을 꿇어라!"

털썩.

성주와 성주의 곁을 지키던 부장은 다리에 힘이 풀려서인지 그 자리에서 털썩 주저앉아 버렸다. 설마하니 친정을 한다고 하더니 국왕이 직접 가장 앞서 달려올 줄은 몰랐다.

그리고 또 다른 하나는 국왕의 할버드에 아로새겨진 오러 블레이드라는 것 때문에라도 놀라지 않을 수 없었다. 지금껏 수없이 많은 소문이 나돌았지만 국왕이 마스터라는 것은 처음 확인된 사항이었으니 말이다.

그렇게 커다란 충격을 주면서 반란군과 진압군 사이의 첫 번째 전투는 진압군의 압승으로 끝이 났다.

CHAPTER
04
진압

$$Knight\ King$$

반란군 진영에 소문이 퍼졌다. 그것은 바로 국왕이 친정한다는 소문이었다. 물론 그 전에도 국왕이 친정한다는 것은 이미 알려진 바이다. 하나, 폴라리스 왕국의 국왕의 친정은 일반 국왕의 친정과 궤를 달리하는 친정이었다.

그것은 바로 가장 선두에 서서 가장 많은 피를 뒤집어쓴다는 것이었다. 또한 얼마 안 있어 폴라리스 왕국의 국모가 될 테레지아 백작 역시 국왕과 함께 반란군의 진압에 나섰다고 했다. 그녀 역시 가장 선두에 섰다. 그리고 가장 용감하게 싸웠다.

　전장을 주름잡는 나이트 킹과 로즈 나이트. 기사들의 왕과 장미의 기사.

　신선한 바람과 함께 두려움이라는 감정이 스멀스멀 반란군의 진영으로 숨어들었다. 해가 지고 밤이 찾아오듯 말이다.

　세르게예비치 백작이 직접 이끄는 반란군의 본진에는 무거운 침묵이 감돌고 있었다. 충분히 해볼 만하다는 생각에 반란을 일으켰다. 하지만 너무 서둘렀던 탓인지 아니면 폴라리스 왕국의 기민한 대응 때문인지 초반부터 지리멸렬하고 있었다.

　거기에 확실하게 뒤를 받쳐주겠다고 하던 이스턴에서 갑자기 연락을 끊어버렸다. 그동안 대화의 공식적인 창구로 이용했던 전용 상단이 단 한 명도 남아 있지 않고 순식간에 증발해 버렸다.

　하지만 완전하게 증발하지는 않았다. 단 하나의 가느다란 끈은 연결되어 있었다. 다만, 이쪽에서 연락을 취할 수 없고, 그들이 전해오는 연락만 받을 수 있다는 단점이 있으나 그마저도 세르게예프 백작으로서는 버릴 수 없었다.

　하지만 결코 기분 좋은 처우는 아니었다. 여차하면 끈을 잘라 버리겠다는 의미일 테니까. 조금이라도 패전의 색이 짙어진다면 말이다.

　"버려진 건가?"

쓸쓸하게 되뇌는 세르게예비치 백작이었다. 그의 중얼거리는 작은 소리를 들은 에머슨 백작 역시 쓰게 웃으며 세르게예비치 백작을 마주보았다. 세르게예비치 백작의 중얼거림은 듣지 못했으나 이곳에 앉아 있는 모든 이들은 침중한 안색을 하고 있었다.

지금 이곳에는 북부의 귀족이었으나 현 폴라리스 국왕의 정책에 반기를 들어 세르게예비치 백작의 편으로 돌아선 자들. 가거 황궁 감옥에 있었던 자들도 있었고, 구데리안 공작의 휘하에 같이 있었던 이들도 있었고, 강압적이기는 하지만 새로이 반란군으로 편입된 자들도 있었다.

그러한 자들이 대략 30여 명에 이르렀다. 하나, 밝은 얼굴을 하고 있는 자는 아무도 없었다. 이제는 돌이킬 수조차 없었다. 이스턴은 병력을 빼고 연락을 끊었고, 일국의 국왕이라는 자는 가장 선두에 서서 전장을 지휘했다.

지휘만 하면 말을 하지 않겠으나 가장 먼저 적의 피로 온몸을 적셨다. 그뿐이라면 말을 하지 않겠다. 장래의 국모 역시 국왕과 다르지 않은 파격적인 행보를 하고 있었고, 국왕의 그림자라 불리는 투마왕 제이 브레이커 백작과 데이브 바티스타 또한 전광석화처럼 성을 함락하면서 진군해 오고 있었다.

"바마코 후작 측은 연락이 없소?"

"아마도 돌아선 듯합니다."

세르게예비치 백작의 말에 에머슨 백작이 답을 했다. 그러자 침중하게 굳어 있던 장내의 상황은 더욱더 굳어져만 갔다. 세르게예비치 백작의 시선이 좌중을 쓸어보았다.

몇몇의 귀족들은 서로의 귀에 대고 무거운 얼굴을 하고 말을 주고받았다. 눈에 띄게 동요하고 있는 것이다. 외부의 적보다 무서운 것이 내부의 적이다. 이들이 마음을 돌린다면 그렇지 않아도 열세인 병력이 더욱더 열세에 처하게 될 것임은 불 보듯 뻔하기 때문이었다.

그때 에머슨 백작이 옆으로 한 기사가 다가와 귀엣말로 무언가를 알렸다. 그에 침중하게 굳어져 있던 에머슨 백작의 얼굴이 조금은 펴졌다. 그 모습을 본 세르게예비치 백작이 의문을 띤 얼굴로 물었다.

"무슨 좋은 소식이라도 있소?"

"용병들이 도착했다 합니다."

"용병들?"

"이스턴에서 정규군을 파견하기는 힘들기에 약간의 도움을 주기 위해 10만의 용병을 모집해 보냈다고 합니다."

"호오~"

갑자기 장내가 술렁이기 시작했다. 10만의 용병이란 결코 작은 수가 아니었다. 폴라리스 왕국의 귀족은 원칙적으로 사병을 거느릴 수 없었다. 하지만 아직은 왕국이 기반을 다지지 못했음에 알게 모르게 사병을 기르고 있는 귀족들이 많았다.

그러한 경향은 폴라리스 왕국의 중앙으로부터 멀어질수록 더 심하여 변방이라면 기십의 기사와 수천에서 수만의 사병을 육성하는 귀족들이 있었다. 다만, 그들 모두 용병으로 가장하고 있을 뿐이었다.

혹은 영지를 치안을 담당하는 자체 자경대의 역할을 하고 있었다. 아직은 왕국 전역을 다스리기에는 인력이 그만큼 모자라다는 것을 의미했다. 그러하기에 세르게예비치 백작이 반란을 결심한 것이었다.

거기에 정예 동부군은 현재 10만을 유지하고 있다. 이스턴 왕국과의 국경을 유지해야 하기 때문이었다. 헌데, 반란이 일어난다 하여도 그 10만 중 최대 절반 정도밖에 동원할 수 없었다.

절반인 5만을 동원한다 하더라도 국경 수비에 심각한 문제가 발생할 소지가 있기 때문이었다. 그러던 차에 바이큰 왕국을 점령하면서 동부 군의 수를 늘리려는 조짐이 보였다.

최대 20만까지 말이다. 그렇게 된다면 지금까지 계획했던 모든 일이 수포로 돌아갈 수 있었음에 세르게예비치 백작은 서둘러 거사를 일으킨 것이다. 물론, 거사를 일으키기 전에 구데리안 공작이 방문하여 제대로 된 거사를 일으키지 못해 그 정당성을 내세울 기회조차 없었지만 말이다.

반란을 일으킴에 있어서 정당성은 매우 중요하다. 폴라리스 왕국 같은 경우 왕국민의 지식수준이 여타 왕국보다 높아 이 정당성이 옳지 못하거나 알리지 못하면 왕국민의 지지를 받을 수 없음을 간파하고 있던 세르게예비치 백작이었다.

그 왕국민에는 골든 타운도 포함되니까. 자신이 거느린 병사들도 폴라리스 왕국민이니까. 그래서 세르게예비치 백작은 최대한 총력을 기울여 이 반란을 단기전으로 이끌고 나가려 하였다.

하지만 이미 모든 것이 틀어진 상황. 그 상황 속에서 기분 좋은 소식이 들려온 것이었다. 10만이라는 용병. 전란의 시대 덕분에 용병의 질이 상당히 좋아졌다.

어중이떠중이가 모여 만든 용병들이 아니라 과거 제국의 유신이나 기사를 했던 이들이 만든 용병단이나 대가 꽤 되기 때문이었다. 그에 희망을 걸어보는 세르게예비치 백작이었다.

이리 죽으나 저리 죽으나 마찬가지. 그럴 바에는 차라리 꿈틀해 보고 죽고 싶은 생각이 드는 건 어쩔 수 없는 자기 정당화이니까. 하기에 이 회의에 참석한 귀족들은 화색이 돌았다.

이스턴에서 용병을 보내줬다면 상황을 조금만 반등시킨다면 정규군을 보내줄 수도 있었기 때문이었다. 하나, 여타 귀족처럼 마냥 좋아하기만 하는 자만 있는 것은 아니었다.

‘승리를 해도 우리가 가질 것은 없을지도 모르겠구나.’

일부 눈치 빠른 귀족들은 그것을 느끼고 있었다. 현재 반란군의 규모는 대략 10만 정도. 왕국민은 그들에게 동조하지 않은 상태. 그러한 상태에서 외세의 도움. 결과는 불 보듯 뻔할 수도 있었다.

"그들이 도착하는 대로 좌군 5만을 에머슨 백작께서 맡아 주시고, 알링턴 성으로 진입하여 진주해 오는 적의 우군을 방어 후 공격하도록 하고. 우군 5만은 피오르트 백작께서 맡아 적의 좌군을 모스크 성에서 돈좌시키도록 하며 에머슨 백작이 적이 넘을 때를 같이하여 반격하도록 시작하시오"

세르게예비치 백작은 잠시의 틈도 주지 않았다. 생각을 할 시간을 주지 않고 귀족들을 몰아붙였다. 생각을 할 시간을 준다면 필히 돌아설 이들이 나올 것이라는 것을 알고 있기 때문이었다.

"본 작은 용병군 10만을 이끌고 하바론 성을 중심으로 난전을 유도할 것이며, 알링턴에서는 골든 타운 남부를 장악한 프리모 자작이 3만의 병력으로 합류할 것이오. 모스크 성 역시 다르지 않을 것이며, 합류할 병력은 아이반 자작이 2만 5천의 병력으로 합류할 것이오."

세르게예비치 백작의 명령에 더 이상 귀족들은 자신만의 생각에 빠져들 수 없었다. 그들은 더 이상 망설일 시간조차 없는 것이었다.

"알겠소!"

"명을 따르오."

귀족들과 기사들이 회의실을 부랴부랴 빠져 나갔다. 남아 있는 귀족은 오직 에머슨 백작과 세르게예비치 백작 둘뿐이었다.

"가능하겠는가?"

에머슨 백작은 여전히 근심스러운 얼굴로 세르게예비치 백작에게 물었다.

"이미 돌이킬 수 없음을 자네도 알지 않은가?"

"훗! 승리하면 영웅이요, 패하면 역적이로군."

"이미 정해진 수순일 뿐. 자네도 무운을 비네."

"그리하지. 그럼 로스 알라모에서 보도록 하지."

"그러지."

그들은 웃으면서 헤어졌다. 하지만 그들은 몰랐다. 그 만남이 마지막 만남이 될 것이라는 것을.

"반란군이 세 방향으로 군을 나누었습니다."

"병력은?"

"알링턴 방향으로 5만이며, 최종적으로 8만입니다. 군을 이끄는 사령관으로는 구데리안 공작을 기습했던 에머슨 백작으로 알려졌습니다. 또 하나의 방향은 모스크 방향으로 역시 5만의 병력이며, 최종적으로 7만 5천의 병력입니다. 사령관으로는 피오르트 백작으로 알려졌습니다."

카림의 설명에 고개를 끄덕이며 베르누크는 거대한 사판을 바라보고 있었다. 그리고 지형을 고려하여 두 지역을 이어 보았다. 그 중앙에 위치한 지역은 스완데쉬 지역이 있었다.

"중군은 스와데쉬 지역이겠군."

"그렇습니다."

"지형이 상당히 곤란하군."

"의도적이지 않겠습니까?"

스완데쉬 지역은 높지는 않으나 지형이 험했다. 그 이유는 스와데쉬 지역 자체가 산악지형인데다 그곳에는 크고 작은 광산이 몰려 있었기 때문이었다. 만약 반란군이 크고 작은 광산을 중심으로 진형을 펼친다면 정말 어려운 전투가 될 가능성이 높았다.

"불행하게도 이스턴 쪽에서 10만에 이르는 용병들이 골든 타운으로 이동했다 합니다. 국경 수비대가 그것을 알고 중간에 차단하지 않았다면 근 20만의 용병이 유입되었을 것입니다."

카림의 말에 인상을 있는 대로 찌푸리는 베르누크였다.

"이건 뭐, 바이큰 왕국보다 더 싸우기 어렵구만."

"기본적으로 이들은 공성전을 하는 것이 아닌 야전을 통한 교란과 하나의 거점을 중심으로 넓게 퍼져 있기 때문입니다. 진압군의 병력에 그리 많은 여유가 없다는 것을 간파한 작전인 듯합니다."

그러했다.

반란군의 수장인 세르게예비치 백작은 폴라리스 왕국의 약점을 너무도 잘 알고 있었다. 겨우 3만의 동부군이다. 아무리 질적으로 우수하다 해도 결국 머릿수에는 장사 없는 법이다.

우월한 병력으로 넓게 퍼뜨렸음에도 불구하고 진압군보다 더 많은 병력이 배치되어 있었다. 더군다나 진압군은 3만이 뭉쳐서 진군하는 것이 아닌 세 방향으로 나누어져 진군하고 있으니 겨우 1만의 병력밖에 되지 않았다.

"방법은 하나밖에 없군."

"그렇습니다."

둘은 그 방법을 말하지 않고도 그 방법이 어떠한 것인지 알고 있었다. 속전속결밖에 없었다. 저들이 방비할 시간을 주지 않고 들이닥쳐 성을 함락하는 방법밖에 없었다.

병력은 그 속에서 충원하거나 여의치 않을시 1만의 병력으로 그대로 지속하는 방법밖에 없었다. 그리고 최종적인 목적지인 골든 타운의 중심을 타격하여 반란군의 수장의 목을 베거나 혹은 항복을 받아내는 수밖에 없었다.

"아무래도 이번 진압이 끝이 나고 병력을 조금 더 증강해야 할 것 같군. 그것도 빠른 시간 안에 말이지."

"당연한 수순입니다."

"어느 정도가 좋겠는가?"

지체할 필요는 없었다.

"이스턴과의 경계를 남부 방면 군이라 하고, 이스턴과 히르센과의 경계가 있는 곳을 서부 방면군이라 칭하여 행정적인 업무를 관장하는 귀족들과 별개로 변경백을 지정하여야 합니다."

"오로지 군사 업무에만 집중을 시키자는 말이로군."

지금은 약간의 자율성을 주고 있지만 카림은 지금의 제도역시 완벽하게 뜯어고치기를 원하고 있었다.

"그렇습니다."

"계속해 봐."

"남부 방면군과 서부 방면군을 각 30만씩 60만을 유지해야 하며, 중앙을 왕도 방위군으로 하여 10만을 서북 대평원과 아국을 연결하는 던가드 성벽을 경계하는 수비대 10만과 예비대 10만을 두어야 합니다."

총90만이었다. 지금의 상황에서는 그만한 병력의 확충이 필요하였다. 이번 반란만이 끝이 아니라는 것을 알고 있기 때문이었다. 만약 이스턴과 히르센이 힘을 합쳐 진주해 온다면 90만이라는 병력마저도 미약하게 보일 수 있었다.

"일단 그것은 중앙에 알려서 반란이 끝나면 바로 실행할 수 있도록 검토하도록 하고, 문제는 당면한 과제겠지."

"이미 알고 계시지 않습니까? 최단기전입니다. 무조건 국혼이 있기 전에 끝을 맺어야 합니다. 그렇지 않으면 아국은 바로 설 수 없습니다."

"거~ 겁 되게 주네."

"사실인 것을 어찌합니까?"

말로는 한마디도 안지는 카림이었다. 하지만 베르누크 역시 카림의 말이 틀리지 않다는 것을 알고 있었다. 반란의 진압이 늦으면 늦을수록 폴라리스 왕국은 위험해진다.

이미 폴라리스 왕국을 적국으로 규정하고 있는 이스턴과 히르센 왕국 때문이었다. 그것은 바로 그 넓은 바이큰 왕국을 꿀꺽했을 때부터 내정된 문제라 할 수 있었다.

"내일 새벽 04시를 기점으로 병력을 이동시켜 이곳 노스성을 친다. 또한 지금의 전격전에 대한 사항을 모든 군에 알리고 최종 목적지인 세인트 홀에서 집결한다는 군령을 전하도록."

"명을 받사옵니다."

폴라리스 왕국이 몸살을 앓고 있었다. 왕국 최고의 성스러운 일이자 축제일인 국혼을 앞두고 동부에서는 반란이 일어나고 남부에서는 바이큰 왕국의 잔당들이 들고 일어나 혼란스럽기 그지없었다.

거기에 죽지는 않았으나 반란군들의 습격에 의해 동부 국경 지역을 순시하던 국방부 장관이자 부동의 마스터인 구데리안 공작이 쓰러지자 그 혼란은 극에 달했다.

그에 폴라리스 왕국의 국왕은 동부의 반란을 직접 진압코자 3만의 동부 국경군을 움직였고, 마탑의 탑주이자 폴라리스 현 국왕에게조차 존경을 받는 카이시스 대공이 남부의 바이큰 왕국의 잔당들을 소탕하기 위해 움직였다.

그러한 전격적인 움직임은 극에 달한 폴라리스 왕국의 혼란을 순식간에 잠재웠고, 이내 연전연승의 승전 소식을 폴라리스 왕국민에게 전했다.

바이큰 왕국의 잔당들을 소탕하기 위해 떠난 카이시스 대공은 불과 두 달이라는 짧은 시간에 모든 바이큰 왕국을 솎아내는 기염을 토했고, 반란군을 진압하기 위해 출진한 폴라리스 왕국의 현 국왕 역시 두 달이라는 짧은 시간 안에 반란군이 점령한 34개의 성 중 25개의 성을 회복시켰다.

그야말로 전격적이라고 할 수밖에 없는 행보였다. 반란임에도 불구하고 왕국의 국왕이 직접 친정을 했고, 불과 두 달이라는 짧은 시간에 왕국의 남부와 북부의 화근을 거의 제압했으니 왕국민은 다시 평안을 되찾아가고 있었다.

하지만 왕국민과 다르게 폴라리스 왕국을 지켜보는 이스턴과 히르센은 폴라리스 왕국민과는 전혀 다른 생각을 가지고 남부의 잔당이 소탕된 것을 아쉬워하였고, 아직 진압되지 않은 폴라리스 동부의 난을 예의 주시하고 있었다.

"흠, 산세가 험하군. 매복이 있을 것 같지?"

"없으면 좋겠으나 불행히도 적장이 그리 우매하지 않은 듯합니다."

베르누크와 카림은 지금 최종 집결지인 세인트 홀의 지근거리인 알퐁스 산을 바라보며 심각한 말을 주고받고 있었다. 하지만 오고가는 말이 심각할지언정 표정까지 심각하지는 않았다.

"저런 산을 말을 타고 가기는 어렵겠고, 무슨 좋은 방법이 없을까?"

"아인스쿠나 산의 전투가 있지 않습니까?"

아인스쿠나 산의 전투를 카림이 꺼내자 살짝 생각해 보는 듯하던 베르누크는 이내 고개를 저었다.

"그때는 늦가을이었지 않은가? 산천초목이 너무 잘 말라서 불놀이하기에는 딱 좋은 날씨였지만 지금은 신록이 무성

할진대."

"신록이 무성하다 하여 불이 안 붙는 것은 아니지 않습니까?"

"타기는 할까?"

"무엇이 문제입니까? 마법사와 정령이 있는데 말입니다."

"효과가 미비하잖아."

마치 친구처럼 대화하고 있는 그들이었다. 누가 들었다면 입에 게거품을 물 일이지만 여전히 주변을 별로 신경 쓰지 않는 둘이었다. 그것은 그 주변에 포진해 있는 기사들 역시 별로 신경 쓰지 않았다.

둘의 사이는 국왕과 귀족이라는 범주로 잴 수 없는 미묘한 그런 관계이니까 말이다. 또한 카림과의 관계도 관계지만 폴라리스 왕국을 개국한 대부분의 중신들은 이와 비슷하기에 기사들 역시 별로 신경 쓰지 않고 있었다.

"효과로 말하면 불보다는 못하겠지만 연기는 참을 수 없는 고통이 될 것입니다. 저들은 그 고통에서 무장해제될 것이고 말입니다."

"연기? 연기라……."

연기라는 말을 들었을 때 베르누크는 '왜 내가 그 생각을 못했지?' 하는 얼굴이 되었다.

"뭐, 조금 아깝기는 하지만 반란을 빨리 진압하기 위해서는 어쩔 수 없겠지."

"그리고 폐하께옵서 바람의 정령을 이용하여 연기의 방향을 바꾸시고 불의 정령을 이용하여 불의 범위를 한정시키신다면 어렵지 않게 저들의 항복을 받아낼 수 있을 것입니다."

"음……. 경은 짐에 대해 너무 잘 알아서 탈이로군. 정령에 대해서 알려주지 않은 것인데. 괜히 객기로 알려줘 가지고."

카림의 말에 투덜거리는 베르누크였다. 하지만 그 투덜거림과는 다르게 이미 베르누크의 머리는 민활하게 움직이고 있었다. 아마 카림도 다르지 않을 것이었다.

둘은 언제나 대화를 하면서 전략을 짠다. 더 나은 방향으로 진행될 수 있고 최소한의 희생으로 최대한의 성과를 올리고자 부단히 노력하는 둘이었다.

"산을 둘러싸기에는 너무 크고……."

"길목만 잡으면 될 것입니다. 산세가 험하기는 하나 여타 산과는 다르게 지역이 한정되어 있습니다. 때문에 그들이 나올 길은 한정되어 있다고 봐도 무방합니다. 이미 이곳의 지리를 잘 알고 있는 약초꾼을 소환하여 병력을 배치시키고 있습니다."

"좋았어. 그럼 밤보다는 한낮이 좋겠군. 아무래도 조금이라도 물기가 마른 시간이 좋을 터이니."

"그리 알고 준비토록 하겠습니다."

일사천리였다. 병사들을 소모시키지 않고 적의 항복을 받아 낼 수 있다면 이보다 더한 일도 할 수 있다는 생각을 가진 베르누크였다. 또한 지역을 한정한다면 그리 큰 불을 내지 않고도 최대한의 효과를 노릴 수 있음이니 일사천리로 일이 진행됨은 당연하였다.

허드슨 자작은 지금 알퐁스 산의 가장 높은 곳에서 진압군의 움직임을 바라보고 있었다. 진압군보다 먼저 도착해서 진형을 꾸리고 주변의 지형을 완벽하게 숙지한 상태임에도 불구하고 허드슨 자작의 얼굴은 딱딱하게 굳어져 있었다.

'도대체 무슨 속셈인가?'

지금 허드슨 자작이 느끼는 감정은 바로 그것이었다. 진압군은 당초 3일을 예상하고 있던 자신들의 생각을 완전히 뒤집고 하루 반나절 만에 도착해 버렸다.

예상치 못한 진격속도에 허드슨 자작은 허겁지겁 병력을 배치했다. 진압군을 이끄는 폴라리스 왕국의 국왕이 바보가 아니라면 자신이 있는 이곳에 매복 부대 혹은 거점 방어를 위한 병력이 있으리라 충분히 예상할 수 있을 것이다.

처음 진압군이 알퐁스 산 앞에 도착했을 때는 허드슨 자작의 예상이 맞았다. 그들은 쉽게 전진하지 않고 바로 진형을 꾸렸다. 거기까지는 좋았는데 병력이 점점 흩어지고 있었다.

　1만 정도밖에 되지 않는 병력. 그 병력을 다시 찢어서 산을 에워싸듯 출발하고 있었다. 말도 안 되는 작전이었다. 알퐁스 산이 작기는 하나 겨우 1만의 병력으로 에워쌀 수 있는 그런 산은 절대 아니었기 때문이었다.

　"어이가 없군요. 적을 앞에 두고 병력을 분산시키다니요."

　허드슨 자작이 이끄는 알퐁스 거점 방어군의 부사령관으로 있는 포레스텔 남작이 진압군의 행태를 보고 가소롭다는 듯이 콧방귀를 뀌며 말을 했다. 그에 허드슨 자작의 눈동자가 포레스텔 남작에게로 향했다.

　"무슨 연유가 있지 않겠나?"

　"연유라기보다는 연전연승으로 인하여 지금 폴라리스 왕국의 진압군은 자만심으로 가득 차 있습니다. 덕분에 사령관님과 저는 큰 전공을 세울 수 있게 되겠군요."

　딴은 맞는 말이었다. 하지만 왠지 꺼림칙한 느낌이 드는 허드슨 자작이었다. 불패의 신화를 이룩한 폴라리스 왕국군이다. 과거 왕국이 세워지기 전 농민의 난을 진압할 때에도 그러하였고, 바이큰 왕국을 멸망시킬 때에도 그러하였다.

　또한 지금 이 알퐁스 산 앞까지 오면서 불과 3만이라는 그것도 세 방면으로 나누어진 병력으로도 단 한 번도 패하지 않고 파죽지세로 단 두 달 만에 이곳까지 도착한 그들이었다.

　그러한 그들이 아무런 의미도 없이 1만밖에 안 되는 병력을 다시 분산시킬 연유가 궁금하였다. 도무지 알 수 없었다.

'설마 화공은 아니겠지. 화공을 한다하여도 제대로 먹혀들지도 않을 것을.'

불현듯 든 생각에 애써 머리를 흔들며 불길한 생각을 털어내는 허드슨 자작이었다.

"준비는 모두 완료되었는가?"

"쉽지는 않았으나 모두 완료되었습니다. 저들이 기다리지 못하고 스스로 뛰어들기만 하면 손쉽게 저들을 전멸시킬 수 있을 것입니다."

기실 작전이랄 것도 없었다. 산을 넘는 길은 외길일 뿐이니 그 길을 좌우로 해서 매복을 시키는 것뿐이었다. 외길이기는 하나 좌우로 암석지대가 형성되어 있어 천연의 성벽과도 같은 지형이라 할 수 있었다.

반란군은 철저하게 준비했다. 기습이라 할 정도로 빠르기 진격해 온 진압군이었다. 그러한 그들이 조금의 시간이라도 지체할 리는 만무하기 때문이었다. 그리고 지금 그들이 움직이는 것을 보아서는 반드시 빠른 시간 안에 공격이 있으리라 판단되었다.

아무리 분산 배치되었다 하더라도 모든 장비를 가지고 알풍스 산을 관통하는 외길을 제외하고는 산을 넘어갈 방도가 없으니 말이다. 하지만 그 허드슨 자작이나 포레스텔 남작의 예상은 보기 좋게 빗나가고 말았다.

　분산 배치가 끝이 났음에도 불구하고 폴라리스 왕국군은 움직일 기미를 보이지 않았다. 반나절이 지나고 하루가 지나 다시 밤이 되어도 그들은 진영에 불을 환히 밝히고 우레와 같은 함성만 지를 뿐이었다.

　하루를 그렇게 보냈다. 다음 날 하루는 병력이 움직였다. 마치 공격이라 할 것처럼 득달같이 달리기도 하고 말이다. 하지만 결국에는 공격해 들어오지 않았다.

　이틀 내내 알퐁스 산에서 은신하여 매복하고 있던 반란군들은 서서히 지쳐 갔다. 하루 종일 소리만 지르고 하루 종일 오락가락하기만 한다. 삼일 째 되는 날 함성을 지르고 오락가락하는 진압군의 모습을 보고는 긴장하기는 했지만 그저 남의 병사 훈련 지켜보듯 지켜보았다.

　삼일 째에 접어든 날에도 여전히 공격할 기미는 보이지 않았기 때문이었다.

　"도대체 무슨 생각이란 말인가?"

　"우리를 지치게 만들려는 속셈이 아니겠습니까?"

　"그렇게 보기에는 너무 노골적이지 않나?"

　"그렇기는 합니다만 산의 외길을 지나는 것 외에는 딱히 방법이 없으니 어쩔 수 없는 것 아니겠습니까? 그렇다고 국경 지역의 병력을 추가로 빼올 수도 없으니 말입니다."

"그렇기는 한데……."

허드슨 자작이 지난 이틀 동안 잠을 제대로 이루지 못해서 까칠하게 돋아난 턱의 수염을 쓰다듬었다. 왠지 불안했다. 불패의 신화를 자랑함과 동시에 속전속결이 장기인 그들이 이렇게 잔뜩 바람만 넣고 있을 이유가 없었기 때문이었다.

그때였다.

"불이 났습니다."

매복해 있는 병사들을 관리하는 기사가 허드슨 자작과 포레스텔 남작이 있는 곳으로 보고를 올렸다. 그에 어처구니없다는 듯이 부사령관인 포레스텔 남작이 외쳤다.

"대체 이 벌건 대낮에 불을 어찌 관리했기에 불이 난 것인가."

"저… 그것이……."

"무슨 변명을 하려 하는가? 어서 진화하지 않고!"

"아군 쪽에서 불이 난 것이 아닙니다."

"뭐?"

포레스텔 남작은 물론 병사들의 행동에 탐탁지 않은 표정을 짓던 허드슨 자작까지 고개를 돌려 기사를 바라라보았다.

"산 밑에서 불길이 일어나면서 연기가 치솟아 오르고 있습니다."

"불이… 산 밑에서?"

순간 불길한 느낌에 지휘부 근처에 있는 망루로 올라가려 몸을 움직이던 순간에 허드슨 자작은 자욱하게 솟아오르고 있는 연기를 보았다.

"대체 무슨 생각이지? 한여름에 불이 번지지 않을진대……."

미칠 듯한 의구심이 든 허드슨 자작은 하늘을 올려다보았다. 그리고 이내 눈을 찢어지게 부릅뜨고야 말았다.

연기가 빠져나가고 있지 않았다. 마치 무엇인가가 가로막은 듯이 하늘 높이 솟아올라 허공으로 사라져야 할 연기가 비오는 날 구름이 내려앉듯이 산 전체를 휘감고 돌며 내려오고 있었다.

"이, 이런……."

"쿨럭, 쿨럭. 무슨 일입니까?"

어느새 매캐한 연기가 산 정상까지 가득 채웠던지 부사령관인 포레스텔 남작이 손수건으로 입을 가리고 기침까지 하며 물었다.

"우리가 당했네. 어서 병사들은 산 아래로 이동시키게."

"그것이 무슨 말입니까? 산 아래로 병사를 이동시키다니요. 매복을 풀라는 말입니까?"

따지듯이 물어오는 포레스텔 남작의 말에 허드슨 자작은 말없이 하늘을 가리켰다. 허드슨 자작의 손가락을 따라가던 포레스텔 남작 역시 눈을 부릅뜨고야 말았다.

"이, 이런……."

"폴라리스 왕국이 마법 대국임을 우리가 잊었네."

"허어~"

"어서 움직이게."

"아, 알겠습니다."

알퐁스 산이 갑자기 부산해졌다. 산 아래에서 불이 지펴지고 있었고, 매캐한 연기는 산을 휘감고 돌았다. 그 산 속에 매복하고 있던 2만의 반란군은 제대로 된 작전도 펼쳐 보지도 못한 채 매복지를 벗어나 산의 아래로 이동하기 시작했다.

하지만 급하게 움직이는 그들과 달리 베르누크를 포함한 진압군은 여유있게 산 아래에서 버티고 있었다.

그들이 내려올 수 있는 모든 길목을 차단하고 있었기에 매캐한 연기에 눈물 콧물을 흘리며 질서가 완전히 무너진 상태에서 하산하는 반란군을 제압하는 것은 어린아이 손목 비트는 것만큼 수월하였다.

"어딜 그리 급하게 가는가?"

산 아래까지 내려온 허드슨 자작과 포레스텔 남작 그리고 일단의 기사들과 병사들을 맞이한 것은 바로 베르누크와 카림이었다. 질식할 것 같은 연기를 피해 하산을 했건만 자신들을 기다리고 있는 것은 진압군이었다.

허드슨 자작은 황당하다는 표정으로 베르누크를 바라보더니 이내 고개를 사방을 둘러보았다. 완벽하게 출구를 포위하고 있었다. 다시 산으로 올라갈 수도 앞으로 나아갈 수도 없는 상황.

"어찌 이럴 수가……."

"저항하겠는가?"

그제야 조금 정신을 차린 포레스텔 남작이 주변을 살펴보았다. 산의 정상에서 보았을 때는 분명 1만의 병력이 사방으로 분산되었다. 한데 1만이 아니었다. 지금 이곳을 막아선 병력만으로도 1만은 되어보였다.

챙그랑!

그때 포레스텔 남작의 귓가로 들리는 날카로운 소리. 그가 시선을 돌렸을 때 허드슨 자작은 항복의 의미로 들고 있던 검을 자신의 발치 앞으로 내던지고 있었다.

"사령관 각하……."

싸우자는 소리가 목구멍까지 치솟아 올랐다. 하지만 현실적으로 싸운다는 자체가 불가능했다. 산은 연기로 가득 차 있었고, 산을 빠져 나오는 병력들은 나오는 족족 무장해제를 당하고 있었다.

이미 진압군은 알퐁스 산이 주요 길목을 모두 차단하고 있었던 것이었다. 그것도 1만의 병력이 아니라 최소 2~3만의 병력으로 말이다. 당해낼 재간이 없었다.

"항복하겠… 소."

털썩.

말과 함께 무릎을 꿇고야 마는 허드슨 자작이었다. 그에 포레스텔 남작을 비롯한 주요 지휘관 및 기사들 모두가 무기를 버리고 무릎을 꿇고야 말았다.

"무장해시키도록 하고, 정해진 매뉴얼대로 다짐을 받은 후 방면하도록."

그에 푹 수그렸던 고개를 번쩍 쳐드는 허드슨 자작과 포레스텔 남작이었다. 비단 그 둘뿐만 아니었다. 이제는 죽었구라는 생각을 하고 있던 모든 이들이 동그랗게 눈을 뜨고 고개를 번쩍 들어 올렸다.

"왜……?"

기어코 허드슨 자작이 단적으로 물어보았다. 상대가 동일한 신분이 아닌 일국의 국왕임에도 불구하고 극존칭을 쓸 마음의 겨를조차 없었던 것이었다.

"경은 어디의 귀족인가?"

"그야……."

"경은 폴라리스 왕국의 귀족이다. 해서 기회를 주는 것이다. 모든 인간은 완벽하지 않다. 실수할 때도 있는 법이지.

단, 그 실수에 대한 만회의 기회는 단 한 번만이 존재한다.”

그렇게 말을 하고는 말을 몰아 다른 곳으로 이동하는 베르누크였다. 갑자기 베르누크의 등이 알퐁스 산보다 더 크게 보인다는 느낌이 드는 것은 비단 허드슨 자작뿐이었을까?

“우리는 잘못 생각하고 있었구나. 국왕 폐하는 감히 우리와 같은 귀족의 잣대로 재단할 수 없는 그릇이었거늘. 또한 국왕 폐하께옵서 보시기에 평민이든, 귀족이든, 기사든 다 같은 인간이며 왕국민이었거늘. 허허허.”

그저 멍하게 사라져 가는 베르누크의 산과 같은 뒷모습을 바라보며 독백처럼 말을 잇는 허드슨 자작이었다. 하지만 다만 허드슨 자작뿐만이 아니었다.

치열하게 싸우지도 않고 그저 마법이라 생각되는 간단한 술책에 의하여 제대로 싸워보지도 못하고 포위되어 항복했지만 모든 이곳에 무릎을 꿇고 있는 모든 이들은 허드슨 자작과 다르지 않은 감정을 가지고 있었다.

다만, 그 강도가 다를 뿐.

그와 같은 현상은 비단 알퐁스 산에서만 일어나는 것이 아니었다. 진압군의 좌군 사령관을 맡은 테레지아 백작이 있는 곳에서도 그러한 현상은 일어나고 있었다.

“본 작은 폴라리스 왕국의 왕도 방위 사령관으로 재직하고

있는 마리아 테레지아 백작이라 한다. 반란군의 병사나 진압
군의 병사나 다 같은 폴라리스 왕국의 왕국민임에 그들의 죽
음으로 승부를 가르기보다는 장군전으로 그 승부를 가름이
어떠한가?"

에머슨 백작은 지금 성 밖에 홀로 말을 몰고 나와 장군전을
청하는 테레지아 백작의 외침을 성루에 올라 듣고 있었다. 에
머슨 백작은 주변을 둘러보았다.

그의 곁에는 프리모 자작을 비롯하여 반란군에 속해 있는
귀족 다섯 명과 귀족들이 다수 있었다. 그들의 표정은 다들
제각각이었다. 어떤 이는 불쾌한 얼굴을, 어떤 이는 침중한
얼굴을, 어떤 이는 그저 멍한 표정으로 성 밖을 주시하고 있
었다.

애초에 겨우 1만 정도라는 예상을 깨고 지금 성 밖에 있는
병력은 적어도 10만은 넘어 보였다. 도대체 1만이라는 정보
는 어디서 흘러나왔는지 모를 일이었다.

적에 대한 정보도 틀렸다. 거기에 국왕의 친정이고, 폴라리
스 왕국 남부에서 왕국을 괴롭히던 바이큰 왕국의 전사들도
완전히 진압되어 버렸다. 그리고 단 두 달 만에 25개의 성이
함락되어 버렸다.

한마디로 파죽지세.

에머슨 백작 역시 테레지아 백작에게 패하고, 패하고, 패하

여 이곳 시멘 성까지 밀려왔다. 장래의 국모의 무력은 그야말로 입을 쩍 벌어지게 하였다. 검술이면 검술, 지략이면 지략, 거기에 부하들을 휘어잡는 카리스마까지.

처음 장미의 기사라 불리는 테레지아 백작과 서전을 치르기 전에는 그녀가 여자라는 점에 약간은 경시하는 마음을 가졌다.

사람들은 부풀리기를 좋아한다. 그러하니 당연히 테레지아 백작에 관한 모든 사항이 부풀려졌다고 봐도 무방하다고 생각한 그였다.

하지만 완전한 착오였다. 생각지도 못한 진군 속도와 생각지도 못한 마법 사단의 활용, 그리고 지형지물을 철저하게 이용하는 그녀의 계략에 지금껏 크고 작은 전투를 모두 합쳐 도합 21번의 전투에서 모두 패하고 말았다.

지금 이 시멘 성에 남아 있는 병사들은 그야말로 패배자들의 집단이었다. 귀족이나 기사들은 조금 나은 편이었다. 하지만 그들이 병사들에 비해 상황이 조금 나을 뿐 일반 병사들과 다르지 않을 정도로 초췌한 모습을 보이고 있었다.

귀족이든 병사든 모든 이들의 눈에는 이미 공포가 자리 잡고 있었다. 왜 그녀가 장미의 기사이고 왜 폴라리스 왕국 군이 불패의 신화를 자랑하는 알게 되었기 때문이었다.

"프리모 자작."

"명을……."

"모든 귀족들과 병사들에게 군량을 분배하게. 모두 같은 분량으로 말이네. 또한, 병사들을 씻기고, 무구를 최대한 깨끗하게 정비하게."

"……."

에머슨 백작의 말에 말을 잇지 못하는 프리모 자작이었다. 약간의 침묵의 시간이 흐른 후 프리모 자작의 입이 열렸다.

"항복하시려 하십니까?"

"장군전을 치를 것이네."

"……."

역시 말이 없었다. 에머슨 백작이 하는 말의 의미를 알아들었기 때문이었다. 듣기로 테레지아 백작의 실력은 최상급이라 했다. 그리고 에머슨 백작의 실력 또한 최상급이었다. 그것도 완숙에 이른.

"결과가 어찌 되든 저항하지 말게. 이미 전세는 기울었으니 말이네."

"하나……."

"모르겠는가?"

"……?"

반론을 제시하려는 프리모 자작의 입을 막은 에머슨 백작이었다. 그에 의문의 얼굴을 하는 프리모 자작이었다.

“저들은 이미 바이큰족을 흡수했네.”

“그것이 무슨…….”

“저들이 보이지 않는가?”

에머슨 백작이 가리키는 곳. 그곳에는 여전히 질서 정연하게 전열을 정비하고 있는 기마군이 보였다. 워낙 거리가 멀어 제대로 보이지는 않았지만 멀리서 보기에도 질서정연했고, 입고 있는 복식이 북부의 경기병과는 조금 다르나 크게 문제될 것이 없어보였다.

“그들이… 바이큰족이란 말입니까?”

“그러하네.”

“허~ 어찌 그런.”

“이미 전세는 완벽하게 기울었네. 그러함에도 테레지아 백작이 아군에게 장군전을 신청한 이유가 무엇일 것 같은가?”

여전히 저 멀리 자리하고 있는 바이큰족의 병력을 바라보며 에머슨 백작은 무심하게 프리모 자작에게 물었다.

“…기회를 주고자 하는 것입니까?”

“그러하네.”

이제 알았다, 기회를 주고자 함이라는 것을. 하지만 그 기회라는 말이 내포하는 의미는 실로 대단한 것이었다. 반란을 일으킨 자들을 용서한다는 말과 다르지 않으니 말이다.

아니, 참전한 귀족 당사자는 죽을지 몰라도 최소한 그 가족
은 몰살당하지 않을 것이라는 말과 일맥상통한 말이었다.

"준비하도록 하겠습니다."

"부탁하겠네."

한편 골든 타운의 남쪽 방향으로 진군해 들어가 승승장구
하던 제이와 데이브는 피오르트 백작과 마지막 접전을 벌이
고 있었다.

10만 대 10만.

힘과 힘의 정면충돌이었다.

실력은 제이와 데이브에 비해 조금 떨어지나 피오르트 백
작은 역시 용장이었다. 그 용맹함으로 이끄는 병사들 역시 굽
힐 줄 모르는 투기를 가지고 있었다.

"와하하하, 나는 투마왕 제이 브레이커라 한다. 피오르트
백작은 어디 있는가!"

가장 선두에 서서 다가오는 병사들 서넛을 한꺼번에 치워
버린 제이가 커다랗게 외치며 사방으로 쇠봉을 휘둘렀다. 근
4미터에 이르는 거대한 쇠봉. 과거보다 오히려 1미터가 더 늘
어나 있었다.

꽈드드등!

"크아아악!"

“피해. 무조건 피해랏!”

제이의 주변에는 이미 깨지고 부서진 시신으로 가득 차 있었다. 특히나 제이는 예리한 도검을 사용하는 것이 아닌 부수는 무기인 봉을 사용했음에 그의 주변에는 피비린내가 진동하고 피가 강을 이룰 정도로 질척거리고 있었다.

가로막는 모든 것을 부수고 전진하는 그의 앞으로 드디어 그와 못지않은 커다란 체구를 자랑하는 자가 배틀 엑스를 각각 양손에 하나씩 거머쥔 자가 나타났다.

까가가가강!

“이노오오옴!”

막아선 자는 다름 아닌 용장이라 일컬어지는 제임스 피오르트 백작이었다. 60이 넘어가는 노구임에도 불구하고 장대한 체구와 젊은 기사 못지않은 근력은 신의 힘을 가졌다는 제이마저도 놀라게 하고 있었다.

“어허~ 그 영감 힘 하나 좋구나.”

“헤헹! 너 같은 허약한 놈이 일군의 장수라니!”

젊은 제이에게 지지 않기 위해 큰 소리로 허세를 부리기는 했으나 단 한 번의 부딪힘에 손목에 전해지는 아릿한 느낌은 상대가 자신을 위해 일부러 수준을 낮추고 있음을 여실히 느낄 수 있었다.

“어이~ 영감! 우리 둘이 승부를 가리는 게 어때? 다 죽일 필요는 없잖아?"

"퉤잇! 좋다. 이놈!"

그에 히죽 웃은 제이는 숨을 크게 들이쉬더니 크게 외쳤다.

"멈~ 춰~ 라~!"

그 소리가 어찌나 크던지 힘과 힘이 부딪히는 숨 막히는 전장이 우르르르 떨리는 것처럼 느껴질 정도였다. 그 커다란 소리에 일순간 양측이 병사들의 전투가 멈춰졌다.

"군을 물려라~"

그에 또다시 외쳐지는 제이의 목소리. 어찌 돌아가는 상황인지 모르는 병사들은 우물쭈물하다 이내 앞에 있는 적군을 바라보며 뒷걸음질로 거리를 벌인 후 등을 돌려 아군이 있는 곳으로 냅다 내달렸다.

그것은 진압군이나 반란군이나 똑같았다.

"허~ 그놈 참. 목소리 하나는 우렁차다."

"우화하하핫, 영감도 그렇게 생각하지? 역시 우리 형님 폐하는 말은 틀린 게 없다니까."

제이의 그런 웃음에 적임에도 불구하고 저도 모르게 웃음을 짓고 마는 피오르트 백작이었다. 도무지 긴장감이 없었다. 폴라리스 왕국의 국왕을 형님 폐하라고 부르는 자는 국왕의 의제인 제이 브레이커밖에 없었다.

자신과 같이 장대한 체구에 이미 마스터에 올랐음에도 불구하고 전혀 마스터라는 티조차 내세우지 않는 모습이 그저 흐뭇해 보이기만 했다.

"영감, 준비됐으면 말해. 딱 영감 수준으로 맞춰서 함 떠보자고."

거기에 귀족답지 않은 언사까지. 피오르트 백작은 점점 제이의 마력에 빠져들고 있었다.

"오냐, 이놈. 어디 뼈다귀가 얼마나 단단한지 보자꾸나."

우두두두둑!

둘은 말조차 버리고 상대를 향해 뛰었다. 마치 성난 오우거처럼 서로에게 먼지마저 일으키며 달려가더니 마침내 부딪혔다.

쿠화아아아아앙!

먼지가 풀썩 일었다.

쿵! 쿠우웅! 쿠다다닥!

둔탁한 소리가 들려왔다. 그 둔탁한 소리는 한 번으로 끝이 나지 않았다. 뿌연 흙먼지가 시야를 완전히 가릴 정도가 되어서 도저히 둘의 공방을 알아차릴 수조차 없을 정도가 되었다.

그에 병사들과 기사들은 넋이 빠져 그 둘의 대전을 보고 있을 뿐이었다. 기사들은 그 먼지를 꿰뚫고 둘의 숨 막히는 대전을 바라보았고, 마른침을 삼키고 있었다.

"쿠허어어억!"

쿠더더더덕! 지지직!

대지에 발이 끌리는 듯한 소리가 들려왔다. 그와 함께 뿌옇게 가려졌던 흙먼지 사이로 한 명의 거구가 대지에 깊은 골을 내며 뒤로 튕겨져 나갔다. 그에 또 한 명의 거구가 흙먼지를 뚫고 나와 튕겨져 나간 거구를 향해 쇄도해 들었다.

두터운 흙먼지를 뚫고 나온 거구의 사내가 뛰어올랐다.

쐐에에에엑!

그리고 무언가 광속으로 갈라지는 소리가 들려왔다.

쿠후우와아앙!

또다시 먼지가 일어났다. 이번에도 흙먼지는 두 명의 모습을 보여주지 않았다. 하지만 더 이상의 소음을 들려오지 않았다.

꿀꺽!

기사들과 병사들은 흙먼지가 가라앉기만을 기다렸다. 그리고 서서히 가라앉는 흙먼지 속에서 두 명의 모습이 드러났다. 한 명의 키가 줄어들어 있었다. 아니 줄어든 것이 아니라 무릎까지 땅 속에 박혀 있었다.

그리고 하나의 거대한 쇠봉은 위에서 아래로 짓누르고 있었고, 두 개의 거대한 배틀 엑스는 엑스자로 교차되어 그 거대한 쇠봉을 막아내고 있었다.

부들부들.

떨리고 있었다.

막아냈으나 더 이상 견뎌 낼 힘이 없었다.

"이놈아! 봉 치워! 멀쩡한 사람 시체 만들 일 있냐?"

"으헤헤헤! 그건 그렇지?"

그 말과 함께 쇠봉을 거짓말처럼 거두어들이는 제이었다.

"끄응!"

"으헤헤! 영감 꽤 하는데?"

그렇게 말을 하면서 오른손을 내미는 제이었다. 그에 멀뚱히 그 손을 바라보던 피오르트 백작이 거대한 배틀 엑스를 던져버리고 그 손을 잡았다.

"잘 생각했어, 영감."

"그놈의 영감 소리는."

"영감을 영감이라 부르지 뭐라 불러. 그건 그렇고 영감 뼈가 상당히 단단한데? 부러진 데도 없고 말이지."

"헹! 네놈만 하겠냐? 한데, 이제 손 좀 놓는 것이 어떠냐? 마누라도 아니고 사내 놈 손 잡는 취미는 없다만."

손을 들어 보이며 제이에게 말을 하는 피오르트 백작이었다. 하지만 제이는 그럴 마음이 없는지 헤죽 웃더니 피오르트 백작의 손을 들었다. 그리고 거대한 쇠봉을 같이 들어 올리며 커다랗게 외쳤다.

"우리는 이겼다~ 승리의 함성을!"

하나의 손이 아니라 두 개의 손이 올라가자 양측의 병사들은 어리둥절해서는 어떠한 행동도 못하고 있었다. 그에 제이가 슬쩍 멍하게 있는 피오르트 백작의 귀엣말을 했다.

"영감, 같이 손을 올려야지? 같이 이긴 거니까."

잠깐 멈칫하던 피오르트 백작이 이내 그 말의 속뜻을 알았다는 듯이 배틀 엑스를 들어 올리며 외쳤다.

"우리는 승리했다~!"

그에 잠시간의 시간이 흘렀다.

그리고.

"우와아아아~"

"승리했다!"

진압군이든 반란군이든 상관없었다. 죽어 있는 자는 어떠할지 모르나 적어도 살아 있는 모든 이들은 양손을 들어 올리며 승리의 함성을 울렸다.

"이놈, 언제 한 번 날 잡아서 제대로 붙어보자. 오늘같이 지지는 않을게다."

"헤헹! 영감이 날 이기려면 백만 년은 일러."

"고놈 말하는 본새하고는."

말은 그렇게 했으나 피오르트 백작의 얼굴을 활짝 펴지고 있었다. 많은 희생이 있었으나 결국 하나가 되었다. 이제는 적군이 아닌 같은 폴라리스 왕국민인 것이었다.

또한, 한순간의 잘못된 생각으로 반란군에 속했으나, 그것
이 얼마나 우매한 생각인지를 뼈저리게 느끼고 있는 피오르
트 백작이었다.

CHAPTER
05
반
석

Knight King

세 방향에서 게르게예비치 백작이 있는 엘 울티모 성으로
집중되었다.

원론적으로 이스턴에서 지원 받은 10만의 용병과 기타 함
께한 귀족들이 거느린 5만의 병력, 총15만이 병력이 있었지
만 그 실상을 본다면 꼭 그렇지만은 않았다.

10만의 용병 중 도망간 용병이 무려 5만이나 되었다. 물론
쉬쉬하며 지휘부에서 알려주지 않을 뿐. 그것을 모르는 이는
아무도 없었다. 20미터에 이르는 성문도, 영지병들과 기사들
이 철통같이 지키는 성문과 성벽은 도망가고자 하는 용병들

을 잡을 수 없었다.

용병들이 도망가게 되자 엘 울티모 성은 극도로 소란스러워졌다. 쉽게 흥분하지도 경동하지 않던 귀족들조차 좌불안석에 딱딱하게 굳은 얼굴로 하루를 맞이하고 하루를 마감했다.

그 연유는 당연히 폴라리스 왕국 군의 승리 때문이었다. 북과 남과 서쪽 등 모두 세 방향에서 접근해 오는 폴라리스 왕국 군은 연전연승을 거듭했다. 수없이 많이 들려오는 전투 소식에도 불구하고 단 한 번도 그 패배에 대한 소식이 없었으니 당연할 것이었다.

그래도 그러한 불안한 소식이 들려와도 귀족들과 기사들은 이겨냈다. 왜냐하면 남의 장미의 기사를 막아내고 있는 7만의 에머슨 백작이 건재했고, 북의 투마왕을 막아내고 있는 7만의 피오르트 백작 역시 건재했기 때문이었다.

하지만 지금은 달랐다.

에머슨 백작이 패전의 책임을 지고 스스로의 검으로 자신의 목을 베었고, 그가 지키고 있던 알링턴 지역을 점령당했고, 북의 피오르트 백작은 숫제 진영 자체를 바꿔 현 폴라리스 왕국의 국왕에게 충성을 맹세하였다.

또한, 알퐁스 산을 방어하고 있던 허드슨 자작과 부사령관 포레스텔 남작은 제대로 싸워보지도 못하고 알퐁스 산을 그대로 내주고 말았다. 한여름에 화공이라는 말도 안 되는 작전에 당해서 말이다.

그것만으로도 이곳 엘 울티모 성에 있는 귀족과 기사 그리고 용병들의 사기에 지대한 영향을 줄 것이었다. 하지만 가장 결정적인 소문이 있었으니 그것은 바로 폴라리스 왕국군이 펼친 책략 때문이었다.

그 책략이라는 것은 바로 소문이었다.

"에머슨 백작이 스스로 자결한 것이라며?"

"몰랐나? 장차 이 왕국의 국모가 되실 테레지아 백작께서는 에머슨 백작과 부사령관으로 있는 프리모 자작과 그를 따르는 여타 귀족과 기사들, 그리고 병사들까지 모두 용서하셨다고 하더군."

자욱한 열기가 가득한 한 주점에서 한 사내가 입을 열었다. 몸에 걸친 복장이나 행동을 보아서는 영락없는 용병이었다. 멀쩡한 정신이라면 조금은 의심이라도 해볼 것이나 이곳은 주점.

어찌 되었든 술안주가 될 무언가를 찾아내는 곳이 아니던가?

"역시 대외적으로 알려질 모습을 저어해서인가?"

또 다른 용병이 테레지아 백작이 반란군을 용서했다는 말에 시큰둥하게 말을 받았다. 그럴 수밖에 없는 것이 테레지아 백작이 얼마 안 있어 국혼을 한다는 것을 알기 때문이었다.

그 말에 몇몇의 용병들은 맞는 말이라는 듯이 고개를 주억 거렸다. 하지만 술잔을 시원하게 들이켠 한 용병이 소매로 입 가를 닦아내며 반론을 제기했다.

"네놈이 뭘 안다고 그런 말을 지껄이는 것이냐? 네놈이 그 곳이 있었어?"

"뭐라? 이 새끼가? 그러는 네놈은 거기에 있었냐?"

"옛다. 이 새끼야. 그게 뭘 표시하는 건지 알지?"

반론을 제기한 용병이 탁자 위에 던진 것은 바로 남부 에머 슨 백작이 맡았던 곳의 남부 방어군을 상징하는 군단 인식표 였다. 에머슨 백작의 상징이 독수리가 그려져 있었다.

"커흠."

한 말을 잃어버린 용병들이었다. 그러한 용병들을 바라보 는 남부 방어군 인장을 던진 용병이 그러한 그들을 가소롭다 는 듯이 웃었다.

"그때 테레지아 백작께서는 이렇게 말을 했다. '한 번의 실 수는 누구에게나 있다. 그대들은 이미 아국의 귀족이었고, 기 사들이었으며, 왕국민이었다. 지금도 그러하다. 나는 장차 이 왕국의 국모가 될 것이다. 왕국민의 어미로서 자식이 조금 잘 못을 했다 해서 그 자식을 버리는 어미는 없는 법이다' 라고 말이지. 뭔 말인지 알겠냐?"

한 번의 실수라 했다. 모든 인간은 삶을 살아감에 언제나 항상 선택을 강요받는다. 가끔은 그 선택이 잘못되었을 수도 있다. 그것을 실수라 한다, 한 번의 실수. 바로잡을 기회를 주겠다는 것일 게다.

"그에 에머슨 백작이 말씀하셨다. '망극한 은혜 갚을 길이 없사옵니다. 하나, 주군을 한 번 배신한 자가 그 죄를 사함을 받았다 하여 어찌 기사라 할 것이옵니까? 때로는 실수를 만회할 기회를 줄 필요가 있사오나 때로는 일벌백계를 함으로써 기강을 다스려야 할 것이옵니다. 부디 기사로서 일국의 귀족으로서 죄를 사함에 마지막 충정을 고하는 이 보잘것없는 자에게 죽음을 맞이할 수 있게 하시옵소서' 라고 하셨다. 테레지아 백작께서는 한참 동안 굳은 의지와 눈동자를 지닌 에머슨 백작에게 스스로 모든 책임을 지도록 하셨다."

마치 잘 짜인 한 편의 연극과 같은 장면이라 할 것이었다. 하지만 불행히도 지금 용병이 말한 모든 것은 사실이었다. 그곳에 참여했던 귀족들과 병사들 그리고 기사들은 모두 자유를 얻었다.

다시 돌아가도 좋고 진압군에 합류해도 좋다 하였다. 하지만 지금 이 말을 전한 용병은 다시 돌아왔다. 마치 자신의 의무는 그러한 모든 상황을 이곳에 전해야 한다는 사명과 같은 생각을 가지고 말이다.

"너희 놈들이라면 그럴 수 있겠나? 내가 왜 돌아왔을 것 같은가? 왕국에서 이미 용서받은 내가 말이다. 싸우기 위해서? 흥! 말도 안 되는 소리지. 나는 반란군의 앞에서 싸우지 않아. 하지만 꼭 전하고 싶었어. 그런 상황을 모르는 네놈 같은 놈들이 곡해할까 봐서 말이지."

침을 튀기며 눈을 부리부리 떠 사방을 둘러보며 열변을 토하는 용병이었다. 그 용병의 기세는 참으로 놀라웠다. 이미 생과 사의 갈림길을 겪은 용병이었기에 이를 겪어보지 못한 다른 용병들로 가득한 주점은 그의 기세에 점령당하고 있었다.

그때 주점의 한쪽 구석에서는 큭큭거리는 소리가 들렸다. 마치 쇠를 긁는 소리 같았으나 보통 같았으면 비웃음이라 할 것이었으나 지금의 상황에서 터져 나온 그 웃음은 왠지 동조하는 듯한 웃음이었다.

"나는 북부 피오르트 백작 휘하에 있던 북부 방어군 소속이었는데 남부 쪽과는 조금 다르지만 비슷한 경우를 경험했지."

주점의 모든 시선이 그 사내를 향했다. 사내는 마시던 술잔을 놓고는 마치 회상하듯 나직하게 읊조렸다. 그런데 이상하게 그 나직한 목소리가 조용하게 가라앉은 주점을 가득 채우고 있다는 것이었다.

"우리는 정말 지겹게 싸웠다. 알잖은가? 피오르트 백작의 성정을 말이다. 불과 같으나 병사를 사랑하시는 분이자, 불같은 성격만큼이나 화통하나 대담한 작전을 구사하기로 유명한 분이시지. 하지만 그러한 그분도 임자를 만났지. 바로 투마왕 제이 브레이커 백작님이셨다."

"꿀꺽!"

누군가가 마른침을 삼켰다.

투마왕 제이 브레이커 백작. 그 이름은 용병들이나 기사들에게 있어서 거의 절대라고 해도 꽈언이 아닌 자였다. 귀족이었으나 귀족 같지 않은 자이자, 평민으로서 현 국왕의 눈에 뜨여 백작이 된 입지전적인 인물.

"우리는 던홀드 평원에서 맞붙었다. 무려 10만 대 10만이 맞붙는 전투였다. 서로를 향해 달려가는 모습에 던홀드 평원 전체가 울렸다. 던홀드 평원을 지배하던 온갖 짐승들은 그 무섭고 진저리치는 모습에 어딘가로 모습 감추었지. 양측 모두 1만 이상이 사상자 정도가 발생했을 때 투마왕은 전장에 외쳤다, 전투를 멈추라고. 피오르트 백작과 결전을 보겠다고. 그리고 둘은 승부를 보았다. 거기에 투마왕은 모두를 용서했다. 심지어는 피오르트 백작까지도 말이다. 왜냐고? 알겠지만 투마왕은 무식하시지. 물론 그 무력이야 가히 따를 자가 없지만 말이야. 그런데 그러한 투마왕께서 하신 말씀이 가관이더군. 도둑놈과 산적들이 집 밖에서 집을 노리고 있는데 집 안에서 밥그릇 싸움 하지 말자고 말이야. 그에 피오르트 백작께서 웃으셨다."

딸깍! 딸깍! 홀짝! 홀짝!

두 용병의 증언에 주점은 순식간에 와자지껄한 분위기는 차분하게 가라앉아버렸고, 심지어는 음식 먹는 소리와 술잔을 기울여 술을 마시는 소리까지 들려왔다.

두 용병의 말은 사람의 마음을 묘하게 만들고 있었다. 마치 죄를 짓고 있는 듯한 그런 느낌. 마치 자신들이 철이 덜 든 망나니가 된 느낌이었다. 그런 묘한 느낌에 어떤 자들은 히죽 히죽 웃었고, 어떤 자들은 인상을 있는 대로 썼으며, 어떤 자들은 무엇을 그리 깊이 생각하는지 깊은 사색의 표정이 되었다.

그들의 말이 맞다면 자신들은 지금 잘못을 하고 있는 것이었다. 이길 확률도 없을뿐더러 이길 수도 없는 상황에 처해진 것이었기 때문이다. 그러한 상황은 비단 이곳만 진행되고 있는 것이 아니었다.

소문이라는 것, 그리고 인간의 말이라는 것은 이렇게 힘들고 불신에 가득 차 있을 때에는 아주 굉장한 위력을 발휘한다.

불과 하루라는 짧은 시간에 그 두 용병이 말한 상황은 살에

살이 덧붙여져 이곳 엘 울티모 성을 휩쓸고 있었다.

결국 그 입에서 입으로 전해지는 소문은 엘 울티모 성에 있는 모든 이들을 불안에 떨게 하였고, 그리고 확실하게 전해지는 패배에 대한 소식은 불안을 넘어선 공황 상태에 이르게 하였다.

그러한 현상은 바로 행동으로 나타났는데 바로 엘 울티모 성을 탈출하는 용병들과 그들과 함께 탈출을 감행하는 일반 평민들과 왕국에서 인정하지 않고 있는 노예들이었다.

그들은 살 길을 찾아 떠난 것이었다. 반란군 지휘부의 입장에서는 그들의 탈출 러시는 자신들의 죽음을 재촉하는 현상이었다. 성을 탈출시 적발된 자들은 보이는 즉시 현장에서 처형하기에 이르렀다.

"쳇! 역시 떠났어야 했어. 뭔 지랄 같은 명예를 누리자고 이곳에 남았는지."

용병들이 하는 말이었다.

"그래도 왕국에 있을 때는 이러지는 않았잖아? 법이라는 것이 있었잖아? 이건 뭐야? 오크 피하자고 왔건만 이건 숫제 오우거 소굴이야."

"난 말이다. 만약 진압군이 온다면 난 절대 화살을 쏘지 않을 테다."

평민들이나 병사들의 말이었다.

"왕국으로 간다면 우리는 평민으로 살 수 있어."

"정말?"

"왕국에는 노예제도가 없으니까. 최하가 평민이니까. 그리고 이동의 자유도 있으니까."

이들은 귀족들이 거느린 사적인 노예들의 목소리였다. 원칙적으로 불허하는 노예제도. 그러함에도 변방의 귀족들은 노예를 암암리에 거느리고 있었다. 또한 노예제도는 귀족들이 반란을 일으키게 한 중요한 동기 중 하나였다.

그러한 엘 울티모 성의 분위기를 모를 귀족들은 아니었다. 이곳에 있는 귀족들은 아마도 반란에 참여한 귀족 중 가장 골치 아픈 존재들일지도 몰랐다. 그들은 힘들지도 모르겠으나 결코 반란을 접을 생각은 하지 않았다.

당연히 누려야 할 귀족으로서의 권리를 누리지 못하게 하는 현 왕국은 무너져야만 한다. 불리한 상황임에도 불구하고 그들은 여전히 왕국에 대하여 지독한 불신감과 반발심을 가지고 있었다.

"어떻게 해서든지 이스턴을 끌어들여야 하오. 또한 제국의 적통인 히르센 역시 이번 반란에 끌어들여야 합니다."

반란에 동조한 유일한 마법사.

과거 제국의 황실 마탑의 마법사이자 현 5서클의 마법사인

아그니스 가르노의 말이었다. 그는 현재 용병이었다. 과거 제
국의 황국 뇌옥에 나온 후 폴라리스 왕국의 정책이 마음에 들
지 않아 용병으로 등록 한 후 대륙을 떠돌고 있었다.

그러던 중 세르게예프 백작을 만났고, 세르게예프 백작을
이스턴과 연결한 이가 바로 그였다. 어쩌면 지금의 모든 상황
을 바로 이 용병 마법사인 아그니스 가르노가 촉발시킨 것인
지도 몰랐다.

"어떻게 말이오."

세르게예프 백작의 말에 초조함보다는 오히려 득의만면한
얼굴을 하고 세르게예프 백작과 여러 귀족들을 쓸어보는 마
법사 아그니스 가르노였다.

"신하국이 되면 되지 않겠습니까? 형제국이 안 된다면 말
이지요. 그도 안 되면 아예 흡수되면 되는 것이지요. 이곳과
이스턴과는 멀지 않습니다. 폴라리스 왕국의 귀족이기보다
는 이스턴의 귀족이 훨씬 훌륭하지 않겠습니까?"

참으로 위험한 말이었다. 그러함에도 결코 아그니스 가르
노의 말을 반박할 수조차 없었다. 지금은 막다른 상황에 몰린
상황. 남과 북을 방어하던 방어군이 모두 폴라리스 왕국에 귀
속되었고, 그들의 모두를 용서했다고는 하지만 그것을 곧이
곧대로 믿는 것은 바보들이나 하는 짓이다.

설마 그 소문이 사실이라 할지라도 이들은 믿지 않았다. 깨

진 병은 다시 맞출 수 있지만 대지를 적신 물은 다시 주워 담을 수 없는 법이니까.

"그렇지. 폴라리스 왕국의 귀족보다는 이스턴 왕국의 귀족이 훨씬 더 매력적이기는 하지."

그에 아그니스 가르노가 활짝 웃었다. 자신의 생각대로 모든 것이 진행되고 있었기 때문이다. 아니 이미 아그니스 가르노는 알고 있었다. 이리 될 줄 말이다, 이 모든 것의 시작과 끝은 자신이 될 것이라는 것도.

"한데 방법이 있소?"

"제가 언제 아무런 대책 없이 말을 꺼낸 적이 있습니까? 아마도 지금쯤이면 폴라리스 왕국의 국왕과 테레지아 백작 그리고 브레이커 백작은 악마의 방문을 받을 것입니다."

"악마의 방문이라면……."

되묻는 세르게예비치 백작의 말에 의미심장하게 웃는 아그니스 가르노였다. 그 웃음이 무슨 웃음인 짐작한 세르게예비치 백작도 역시 마주보며 웃었다.

"생각대로 되었으면 좋겠군."

"구데리안 공작도 그들을 당해내지는 못했습니다. 그보다는 그들이 경동하는 순간을 이용할 생각을 하셔야 하는 것이 급선무일 듯합니다."

"계획대로만 된다면야."

세르게예비치 백작의 얼굴이 펴짐과 동시에 마법사 가르노와의 대화를 모두 경청한 귀족들의 표정 역시 구겨졌던 표정이 활짝 펴졌다. 그들이라면 가능성이 있기 때문이었다.

"가서 경계를 풀라고 해."

뜬금없는 베르누크의 말에 카림이 베르누크를 바라보았다.

"그놈들이 오고 있어. 아주 구린내를 있는 대로 풍기면서 말이야."

그놈들이라는 말에 카림은 잠시 생각하는 듯한 표정을 짓더니 이내 무언가 깨달은 듯한 얼굴이 되었다. 그러고는 이내 말없이 막사를 나섰다.

"가는 길에 이곳에서 무슨 일이 일어나도 신경 쓰지 말라 하고, 남쪽과 북쪽에도 전해. 특히 북쪽은 신경 좀 써."

"알겠습니다."

카림이 나가는 것을 지켜보는 베르누크였다. 한참동안 그대로 있던 베르누크가 자신이 애병을 향해 손을 뻗었다. 그러자 마치 무슨 줄이라도 달린 듯이 무기대에 거치되어 있던 할버드가 베르누크의 손아귀에 쥐어졌다.

"자기가 뭘 잘못했는지도 모르면서 왕국을 팔아먹을 놈들이면 용서고 자시고 없이 패야지 뭐."

　무심하게 그런 말을 하면서 베르누크는 날카롭게 벼려진 할버드의 날을 어루만졌다. 그러기를 한참. 여전히 베르누크의 모습은 변함이 없었다. 그 대신 그의 입 모양이 변했다.

“나와!”

스스슷!

베르누크가 나직하게 나오라 하자 나왔다. 어둠을 뚫고 아지랑이처럼 어른거리더니 어둠과 같은 복색을 한 자들이 손에는 날카로운 쿠쿠리를 든 채로 베르누크를 둘러싸고 있었다.

“이스턴인가?”

“……”

약간은 멈칫하는 미세한 몸짓.

마스터라 할지라도 쉽게 파악할 수조차 없는 그 짧은 찰나의 순간에 베르누크는 그들의 그러한 미세한 행동을 알아보았다.

“밀리예프 그 영감이 이제는 노망이 들었나 보군. 그렇다는 말이지……”

그 말과 함께 베르누크가 일어섰다. 앉아 있을 때는 모르겠으나 할버드를 들고 일어서자 베르누크의 장대한 체구와 그 장대한 체구에서 뿜어져 나오는 기세는 실내의 공간을 질식시키고 있었다.

펄럭!

베르누크가 머물고 있는 막사가 펄럭였다. 일국의 국왕이 머무는 처소인만큼 단단하기 그지없는 막사. 그 막사가 마치 귀부인의 의복이 미친바람에 날리듯 정신없이 펄럭이고 있었다.

쏴하아아아!

그러고는 이내 하늘에서 비가 쏟아지는 소리가 들려오며 막사의 정중앙에서부터 서서히 가루가 되어 사방으로 흩날리기 시작했다.

"하지 않으면 모르되 하기 시작했으면 확실하게 손을 대는 것이 좋겠지. 말을 하지 않아도 좋다. 이미 이스턴과의 전쟁은 기정사실화되어 있는 것. 결코 피하고 싶지는 않다. 더불어 너희들을 끌어들인 세르게예비치 백작을 비롯해 엘 울리모 성의 모든 귀족들과 기사들은 용서가 없을 것이다."

파하아앗!

어쌔신들. 그들은 베르누크의 기세를 감당할 수 없었다. 그에 그 기세를 상쇄시키기 위해 그들이 택한 방법은 바로 죽음을 향해 쇄도하는 부나방이 되는 것뿐이었다.

베르누크를 향해 쇄도하는 이들은 여섯 명.

전후좌우상하.

그들은 이 여섯 곳 이외에는 사람이 필요치 않다는 것을 알았다. 더 이상의 사람은 공격을 방해할 뿐, 의미가 없다는 것을 알고 있었다. 그들은 철저한 계산하에 움직이고 있었다.

오로지 마스터를 제거하기 위해 구성된 그들의 합공은 마치 잘 짜인 마법진처럼 유기적으로 잘 돌아가고 있어 그들의 공격을 받는 베르누크조차도 감탄할 뻔할 정도였다.

하지만 베르누크는 이들을 놓아줄 생각도, 살려줄 생각도 없었다. 이미 마음을 굳힌 베르누크의 할버드에서 백색의 광망이 터져 나왔다. 너무도 눈이 부셔 벼락같이 쇄도해 가던 어쌔신들마저도 눈을 가리며 멈칫할 정도의 섬광.

스거거걱!

그것이 마지막이었다. 전후좌우상하를 점하며 베르누크를 향해 쇄도하던 어쌔신들은 자신의 목이 베어진지도 모르고 죽어갔다. 하지만 어쌔신은 그들만 있는 것은 아니었다.

녹색이 예리하게 빛나는 쿠쿠리를 든 어쌔신들.

동료의 죽음에 일말의 감정도 없다는 듯이 다시 빠르게 쇄도해 들어가고 있었다. 그때였다.

뻐버버벙!

죽은 어쌔신들.

그 어쌔신들의 시체가 폭발하고 있었다. 당연히 사람이라면 검붉은 색의 핏줄기가 사방으로 퍼져야 할진대 진한 녹색의 줄기가 사방으로 퍼져나갔다. 그리고 그와 함께 터져 나간 그들의 시신에서는 진녹색의 연기가 솟아오르기 시작했다.

치지지직!

그에 땅이 타들어갔다. 베르누크는 바로 물의 최상급 정령을 소환하여 독을 해독하기 시작했다.

'엔다이론. 정화!'

베르누크가 멈칫하는 그 짧은 순간. 수많은 칼날이 베르누크를 향해 쇄도하고 있었다. 역시 진하고 기분 나쁜 녹색을 띤 죽음을 부르는 칼날이었다. 베르누크는 할버드를 휘둘러 그 모든 칼날을 막아내고 쳐내면서 걸음을 옮겼다.

두 번째 공격이 실패하자 어쌔신들이 물러나고 또 다른 어쌔신들이 들이닥쳤다. 끊임없이 변화하고 끊임없이 몰아치고 있었다. 단순히 한두 명의 어쌔신이 아닌 완전히 물량공세로 이어진 어쌔신들의 공격이었다.

베르누크는 할버드에 사정을 두지 않았다. 다가오는 즉시 보이는 즉시 모두를 베어 넘겼다. 마스터가 왜 마스터인가를 여실히 보여주고 있는 베르누크의 무위였다.

벌써 베르누크의 주변에 쌓인 어쌔신들의 시체만도 30여 구가 넘어가고 있었다. 그들은 죽는 족족 모두 터져나가고 진녹색 연기를 내뿜었다. 하지만 한 방울도 단 한 줄기의 독연도 베르누크의 곁에 도달하지 못했다.

그때였다.

퍼걱!

"음?"

베르누크의 손에 느껴지는 감각이 이상했다. 분명히 베었건만 베어지지 않았다. 아니, 박혔다. 베르누크의 시선이 할버드를 향했다. 박혀 있는 할버드. 오러 블레이드는 자르지 못할 것이 없었다.

그런데 자르지 못하고 박혀 들었다. 베르누크가 바라보는 그곳에는 한 명의 사내, 아니 오우거가 서 있었다. 분명 사람이건만 오우거로 불려도 손색이 없을 그런 자였다.

2미터 50이 넘어가는 거구에 뚱뚱해도 이렇게 뚱뚱한 자가 있을까? 혹은 어찌 걸어다니지? 하는 생각이 들 정도의 사내였다. 그자는 그 두터운 몸으로 베르누크의 할버드를 잡아두고 있었다.

무표정하게 그를 바라보던 베르누크의 입가가 살짝 말아 올라갔다.

"살 좀 찌웠나본데……. 나도 옛날에 살 좀 나갔었어. 대체 무슨 방법으로 오러 블레이드를 잡아두는지는 모르겠지만 그렇다고 너희의 공격이 성공한 것은 아니야."

베르누크의 말은 사실이었다. 그 거구의 사내가 베르누크의 할버드를 잡아둘 수 있는 시간은 그야말로 촌각이었다. 하지만 어쌔신들은 그 촌각을 벌기 위해 하나의 목숨을 버리고 있었다.

그 촌각 동안 베르누크의 주변 1미터 이상을 근접하지 못
하던 녹색의 쿠쿠리가 베르누크의 주변 20센티미터까지 접
근하고 있었다. 보통의 사람이라면 혹은 그저 그런 마스터라
하면 분명 죽음을 맞이할 공간일 것이다.

하지만 상대는 보통의 그저 그런 마스터가 아니었다. 얇게
시전되어 있던 베르누크의 할버드가 울기 시작했다.

후우우우웅!

"끄. 끄워어어억!"

지금껏 한 번도 비명을 지르지 않던 어쌔신이 입을 크게 벌
려 비명을 지르기 시작했다.

스걱!

"이제 끝내자."

그 말과 함께 단숨에 거구의 복부를 자르고 지나가는 베르
누크의 할버드였다. 그와 함께 들려오는 소리.

콰차차차장.

쿠쿠리가 깨져 나갔다. 그리고 어쌔신들도 마치 바람에 모
래가 날리듯이 작은 바람에도 머리끝에서부터 발끝까지 차근
차근 사라져 갔다. 비단 드러난 어쌔신만이 아니었다.

베르누크를 죽이기 위해 2차, 3차, 4차로 계속 준비 중에
있던 어쌔신들 역시 이번에는 비명조차 지르지 못하고 죽어

갔다. 공간이 찢어지며 죽은 어쌔신들이 솟아났고, 대지가 짙은 녹색으로 변해가기 시작했다.

불과 10분도 지나지 않은 시간에 50명이 넘는 어쌔신들이 죽어갔다.

'엘퀴네스는 정화을 위한 시간을. 노아에덴은 대지의 복속을.'

녹색으로 짙었던 공간이 원래의 색으로 돌아왔다. 수없이 많은 죽음으로 인해 검게 변해가던 대지가 다시 원래의 대지로 돌아오고 있었다. 겨우 1분도 지나지 않아 무슨 일이 있었냐는 듯이 되돌아온 공간과 대지.

"카림!"

"명!"

"진군을 준비하라!"

"명을 따르옵니다."

베르누크는 기다리지 않았다. 마음에 들지 않았기 때문이었다. 호의를 악의로 대하는 이들에 대한 분노였고, 외세까지 동원하여 권력을 잡아야만 하는지에 대한 회의였다.

진영이 부산하게 움직였다. 밤임에도 불구하고 베르누크는 공격을 감행하고자 하였다. 얼마 멀지도 않은 곳에 엘 울리모 성이 있었다. 달린다면 서너 시간 이내 도착할 거리였다.

"테레지아 백작과 제이는?"

"역시 암습을 받았다 합니다."

베르누크는 물음 대신 카림을 바라보았다. 결과를 물어보는 것이었다.

"이깟 어쌔신에 당하실 분이 아니라는 것을 아시지 않습니까? 테레지아 백작께서도 이미 출발 준비를 하고 계신다 연락을 받았습니다. 브레이커 백작은 이미 출발했다고 합니다."

"그대로 들이치라고 전해. 귀족이나 마법사 기사는 단 한 명도 그곳을 벗어나지 못하도록 하고."

"명을 받습니다."

"그, 급보입니다."

"어허~ 대체 무슨 일이기에 이 야심한 시각에……."

세르게예비치 백작과 아그니스 가르노는 자정이 다 되어가는 시간에도 잠을 자지 않고 있었다. 그들은 잠들 수 없었다. 세 방향으로 흩어진 어쌔신들의 암습 성공 여부에 대하여 촉각을 세우고 있었기 때문이었다.

그런데 집무실의 문을 거세게 열며 뛰쳐 들어오는 기사의 모습에 그렇지 않아도 피곤해 있던 둘은 신경질적으로 대응했다.

"저, 적들이 움직이기 시작했습니다."

"……?"

일순 말이 없는 둘이었다. 어떻게 받아들여야 할지 몰라서였다.

"세, 세 방향에서 적군들이 일제히 성을 향해 질주해 오고 있습니다."

그 말에 급격하게 굳어지는 둘의 얼굴이었다.

'실패했다!'

그것은 그 둘의 뇌리에 동시에 떠오른 생각이었다. 둘의 시선이 일순간 마주쳤다. 고개를 끄덕은 세르게예비치 백작이 외쳤다.

"전군 전투 태세를 발령하라!"

"명을 받듭니다."

부리나케 나가는 기사들을 바라보던 아그니스 가르노가 침중한 목소리로 입을 열었다.

"설마, 테레지아 백작과 폴라리스 국왕 모두 실패할 줄은 몰랐습니다."

그에 동의한다는 듯이 고개를 끄덕은 세르게예비치 백작이 입을 열었다.

"마법 전력은 어떠하오."

"2서클의 마법사까지 포함한다면 대략 60명 정도 됩니다."

"그들을 각 세 방향으로 포진시키도록 하시오. 그럼 난 먼저 나가보겠소."

"알겠습니다."

　베르누크는 말을 달렸다. 그 뒤를 따라 1만의 경기병과 3만의 바이큰족 전사들이 뒤따랐다. 그 뒤를 보병 수송 수레를 끄는 사두 수레가 뒤따랐다. 사방이 적막해야 할 한밤중에 10만의 병력이 이동하고 있었다.

　그 가장 선두에 선 베르누크의 표정은 딱딱하게 굳어져 있었다. 점점 엘 울티모 성이 점점 가까워지고 있었다. 엘 울티모 성이 지척으로 가까워오자 베르누크의 입이 열렸다.

　"셀레아나! 화염의 폭풍을!"

　끼아아아악!

　거대한 불의 새가 날아올랐다.

　"노아에덴! 대지의 붕괴!"

　쿠드드드득!

　지축을 흔드는 거대한 굉음을 내더니 서서히 아주 서서히 엘 울티모 성의 성벽이 무너져 내리기 시작했다.

　"미네르바! 나에게 임하라! 차하아아앗!"

　베르누크는 마상에서 그대로 박차 올랐다. 마치 한 마리의 비조처럼 날아오른 베르누크의 신형은 어느새 까마득하게 솟아올라 있었다. 인간인 이상 날아올 수 없을 것이나 그에게는 이미 미네르바라는 최상급의 정령이 임해 있었다.

그와 동시에 거대한 불의 새가 되어 있는 셀레아나의 입이 쩌억 벌어졌다.

"쿠화아아아!"

화르르르륵!

단 한 번의 울부짖음에 엘 울티모 성의 서문이 온통이 용암처럼 들끓어 올랐다. 자신들의 진격소식을 듣고 성벽을 향해 영지병을 대동하고 득달같이 달려오던 귀족들과 기사들은 순식간에 그 맹렬한 용암 속에 녹아들었다.

"끄아아아아!"

"사, 살려줘~"

"비, 비켜라! 비키란 말이다!"

아비규환의 현장을 하늘 높이 떠 있는 베르누크는 냉정하게 바라보았다. 그리고 그러한 베르누크의 눈에 비친 한 명이 있었으니 바로 세르게예프 백작이었다.

"너만은 용서할 수 없을 것 같구나."

할버드를 들어 올렸다. 그리고 뒤로 한껏 젖힌 후 거침없이 집어 던졌다.

쐐에에에엑!

하나의 목표를 향해 쇄도해 들어가는 베르누크의 할버드. 그 할버드를 막을 수 있는 것은 아무것도 없었다.

"마, 막아라!"

"막아! 몸으로라도 막으란 말이다!"

콰가가가각!

"끄아아아악!"

막아서는 것은 모두 관통하면서 지나갔다. 그리고 애초에 하늘 높은 곳에서 마치 번개가 치듯 떨어져 내리는 베르누크의 할버드를 막을 만한 이들은 그 어디에도 없었다.

"실드! 실드! 실드!"

그때 그 모습에 밖으로 급하게 뛰쳐나온 아그니스 가르노가 급하게 이중 삼중으로 실드를 쳐 막아보려 했으나 그것 역시 쉽지 않았다.

쩌저저저적! 빠지지직!

공간을 격하고 펼쳐진 실드를 가볍게 통과해 버리는 베르누크의 할버드였다.

"우웩!"

그이 아그니스 가르노가 마나로드에 충격을 입었는지 선혈을 한 움큼 쏟아내었다. 그리고 이내 창백해진 얼굴로 비틀거렸다. 이게 세르게예비치 백작이 검을 들어 이중 삼중으로 쳐진 실드를 깨부쉈음에도 전혀 그 속도가 줄어들지 않은 베르누크의 할버드를 향해 쇄도해 들어갔다.

"이햐아아아~"

비록 마스터는 아니나, 최상급의 실력을 가진 세르게예비치 백작이기에 막아낼 줄 알았나 보다. 짙게 피어오른 오러와 공간과 공명하는 오러 리저넌스가 시전되어 베르누크의 할버드를 막아갔다.

쾌아앙! 쿠드드드득! 지지지직!

하지만 역부족이었을까? 아니면 힘이 부족해서였을까? 세르게예비치 백작은 힘없이 뒤로 밀려났다. 말이 힘없이 물러났을 뿐이지, 실제 세르게예비치 백작은 얼굴이 터질듯이 부풀어 올라 있고, 앙다문 어금니를 뚫고 핏물이 새어나오고 있었다.

"크으으윽! 쿨럭!"

세르게예비치 백작도 다르지 않았다. 검붉은 핏덩어리를 게워내고야 말았다. 그러한 그들의 앞으로 마치 허공에 계단이라도 있다는 듯이 허공을 밟고 내려오는 베르누크의 모습이 있었다.

그에 기사들과 병사들은 이미 기선을 완전히 제압당하고 있었다. 이미 검을 든 손은 내려져 있었고, 잔뜩 힘이 들어가 있어야 할 동공을 풀려 있었다. 거기에 벌어진 입은 그들의 놀람이 가히 상상을 초월한다는 것을 의미했다.

그러는 동안 북문과 남문이 깨져 나갔고, 폴라리스 왕국의 진압군은 약간의 저항은 있었으나 그러한 저항 자체는 아무런 문제도 될 것이 없다는 듯이 물밀듯이 내성을 향해 밀려들고 있었다.

"사, 살려주시옵소서."

그에 아그니스 가르노는 무릎을 꿇고 목숨을 구걸하였다. 그에 세르게예비치 백작은 어처구니가 없다는 얼굴로 무릎을 꿇고 머리를 조아리는 아그니스 가르노를 바라보았다.

"아그니스 가르노, 네노오옴……. 쿨럭!"

"죽어랏!"

검붉은 피를 게워내는 세르게예비치 백작을 향해 득달같이 매직 애로우를 발사하는 아그니스 가르노였다. 마나로드가 뒤엉킨 상태에서 조금의 충격이라도 목숨을 위협할 수 있는 상황에서 1서클의 마법이나 매직 애로우는 지극히 위험한 한 수였다.

하나,

서격!

매직 애로우가 잘려 나갔다.

"커허어억! 우에에엑!"

아그니스 가르노가 허파에서 바람 빠지는 소리를 내더니 가닥가닥 끊긴 내장이 섞인 검붉은 피를 토해내었다. 그러다 얼굴이 하얗게 탈색되더니 이내 부르르르 떨었다.

죽은 것이었다. 그에 허탈한 표정을 지으며 흘러내리는 핏물을 지울 생각조차 하지 않은 세르게예비치 백작이 그 모습을 멍하게 지켜보았다. 자신도 한다면 매직 애로우를 잘라낼 수 있을 것이었다.

하지만 저렇게 간단하게 잘라낼 수는 없었다. 그것도 5서클에 이른 마법사가 시전한 매직 애로우라면 더욱더 말이다. 멍하게 죽어가는 아그니스 가르노의 모습을 바라보던 세르게예비치 백작의 눈동자의 초점이 베르누크를 향해 모였다.

"마… 스터였소이까?"

"그래."

"몰랐소이다."

"알았다면 반란을 일으키지 않았을까?"

그 물음에 말없이 침묵하는 세르게예비치 백작이었다. 한참 후 입을 열었다.

"아마도 아니었을 것이오."

"알았다 해도 달라지지 않은 것을 알릴 필요는 없지."

"악마왕……. 왜 적들이 그대를 그렇게 부르는지 알겠군."

"알았으니 이제 죽어도 상관없겠지."

"나에게는 용서가 없는 것이오?"

"너에게 베풀 아량은 없어!"

"큭!"

짧게 웃는 세르게예비치 백작이었다. 그를 바라보는 베르누쿠의 눈동자는 냉정했다. 이미 자신이 죽음을 예견했는지 세르게예비치 백작이 주절거리기 시작했다.

"이스턴이었소. 저기 비굴하게 죽은 마법사가 중심에 있었고 말이오. 아마도 그들은 국혼 이후로 전쟁을 일으킬 생각을 가지고 있는 것 같소. 우리가 성공했다면 그 전에 일어날 것이었지만."

"히르센은 관여하지 않았나?"

"왜 아니겠소. 남부를 휩쓴 바이큰족의 무기와 병력은 히르센의 작품이었소."

"버리는 패 치고는 많은 것을 알고 있군."

베르누크의 말에 자신의 신세가 처량해진 듯 아니면 갑자기 아파오는 가슴을 부여잡으며 컥컥거리며 웃은 세르게예비치 백작이 가쁜 숨을 몰아쉬며 말을 이었다.

"소용 가치가 있어야 오래 사는 것 아니겠소? 이스턴이 아니라면 히르센과도 붙어먹을 수 있는 것 아니겠소? 내가 소용되는 곳에 말이오. 뭐 이제는 이도저도 다 틀려먹은 것이겠지만. 큭!"

다시 한 움큼의 검붉은 피를 게워낸 세르게예비치 백작의 안색이 급속도로 창백해져 갔다.

"용서할 수 없으나 깔끔하게 죽여주지."

"고맙군."

스걱.

일말의 망설임도 없었다. 마치 썩은 짚단을 베어버리듯 세르게예비치 백작의 목을 베어버리는 베르누크였다. 베르누크는 주변을 둘러보았다. 사로잡은 귀족들이 보였다.

그들의 가족도 보였다.

"어찌하시겠사옵니까?"

"엘 울리모 성에 남아 반란을 주동하고 사병을 운용한 모든 귀족을 효수한다. 기타 기사들과 병사들은 방면하도록."

"명을 따르옵니다."

카림이 물러났다. 그에 사방에서 악다구니를 치는 소리가 들렸다. 설마 효수하라고 할지는 몰랐던 귀족일 것이었다. 그들은 아직도 정신을 차리지 못하고 있었다.

그들은 최후까지 자신들이 다른 귀족과 기사들처럼 용서받고 방면될 줄 알았던 모양이다. 하지만 그것은 그들의 착각이었다. 단순 가담자와 주동자는 다른 법이니까.

또한 일국의 국왕의 목숨을 어쌔신에게 의뢰한 것과 타국과 내통했다는 것은 아무리 잘 봐주려 해도 잘 봐줄 수 없는 것임에 틀림없기 때문이었다. 베르누크는 가늘게 한숨을 내쉬었다.

이로써 폴라리스 왕국은 이제 반석에 오를 것이었다. 용서와 효수라는 당근과 채찍을 사용하였다. 또한 남부의 지긋지

굿한 바이큰족의 전사들마저 완벽하게 제압하였다.

앞으로 다가올 이스턴과 히르센과의 대전에서 이제는 본국을 신경 쓸 이유는 없었다. 뒤가 편안하다는 말이었다.

모든 준비가 완료되었다. 왕국이 무너질 수 있는 아니 왕국이 내재하고 있던 변수를 제거하였음에 온전히 하나에 집중할 수 있을 것이었다.

이제 남은 것은 하나.

1개월 앞으로 다가온 테레지아 백작과의 국혼일 것이다. 아마도 이스턴이나 히르센에서도 사신이 올 것이었다. 하지만 그들은 그냥 그런 사신들이 분명히 아닐 것이다.

전쟁을 하기 위한 조그마한 꼬투리를 만들려 하는 이들이 올 것이었다. 말도 안 되겠으나 그 말도 안 되는 명분을 꼬투리 잡아 전쟁을 일으켜야 하니 말이다.

기실 국혼 전에 그들이 전쟁을 일으키지 않은 것만으로도 대단히 많이 참은 것이기는 했다. 물론, 베르누크와 카림이 의도한 바이긴 했지만 말이다. 베르누크의 몸이 움직였다.

그가 걷고 있는 곳에 길이 열렸고, 그의 곁에 테레지아 백작이 다가왔다. 서로를 보며 가볍게 고개를 끄덕인 둘이었다. 둘은 나란히 섰다. 아직 국모가 아님에 나란히 설 수 없는 것은 분명하나 베르누크는 개의치 않았다.

베르누크의 거친 손이 테레지아 백작의 손을 잡았다. 그에

말없이 베르누크의 손을 꼬옥 잡아주는 테레지아 백작이었
다.

　든든한 우군이자 평생의 반려자. 베르누크의 옆에 설 수 있
는 유일한 여인.

CHAPTER
06

국혼

Knight King

폴라리스 왕국이 안정되었다.

무려 6년이라는 긴 시간동안 잠재되어 곪을 대로 곪은 종기가 사라졌다. 그리고 새롭게 발전하려는 종기는 채 싹을 틔우기도 전에 제거되어 버렸다. 완벽하게 반석에 올라버린 폴라리스 왕국이었다.

그리고 마침내 폴라리스 왕국은 국모를 맞이하게 되었다.

국모는 이미 모든 여성의 우상이요, 모든 폴라리스 왕국민에게 향기를 전해주었던 장미의 기사사인 마리아 테레지아 백작이었다. 그녀와 베르누크가 결혼하기 한 달 전부터 폴라리스 왕국은 이미 축제의 나날이었다.

서북 대평원의 대족장 드루실리우스 클레이톤은 그에 예물로 가장 훌륭하다 평가되는 전투마 1천 필과 함께 서북 대평원에서만 존재한다는 블루 울프의 가죽과 백색의 예티 가죽 그리고 각종 보석을 무려 수레 열 개에 나누어 보냈다.

폴라리스 왕국은 서북 대평원의 바이큰족을 쌍수를 들어 환영하였다. 그들에게는 서북 대평원의 바이큰족이나 북부인들이나 다르지 않았다. 다 같은 사람이고 같은 대륙을 밟고 사는 사람들일 뿐이었다.

애초에서 북부인들은 서북 대평원의 바이큰족에 대한 인식이 보통의 제국인과는 달랐다. 동병상련이라고 할까? 같은 제국인이나 제국인으로서 인정받지 못한 북부인이나, 단지 왕국을 이루지 못했다 하여 미개인으로 평가받은 바이큰족이나 다를 것이 없었기 때문이다.

그리고 그동안 던가드 성벽을 통하여 혹은 위험한 필테르 산을 넘어 서로 교류하고 있었으니 당연히 위화감이 전혀 없었다. 덕분에 서북 대평원의 사신단이 도착하자 다른 지역과는 다르게 열렬한 환영을 받을 수 있었다.

그러나 그러한 현상을 결코 좋게만 보는 이들만 있는 것은 아니었다. 그들은 바로 아직도 과거 제국의 영광을 기억하고 있었던 유신과 권신들이 그 예라 할 것이었다.

대표적으로 바로 이스턴 왕국과 히르센 왕국이었다. 물론 그들은 제외하고도 폴라리스 왕국 내에서도 그러한 세력이 존재하기는 했다.

하나, 강력한 왕권 중심의 폴라리스 왕국이고 또한 귀족에 대한 권한이 대폭 줄어들고 영지조차 하사되지 않았기에 그러한 세력의 입지는 그야말로 없는 것과 다르지 않았다.

그들은 노골적으로 폴라리스 왕국을 비난하고 나섰다. 어떻게 해서든지 꼬투리를 잡아야 하는 입장이니 당연한 일일 것이다.

"결국 실패했구려."

"폴라리스 왕국의 국왕이 그리 전격적으로 나설 것이라 예상치 못한 저의 불찰이옵니다."

"……."

이스턴의 왕궁.

그곳에서 밀리예프 국왕과 재상이자 군사의 직을 맡고 있는 멘테스 공작과 이스턴의 유일한 마스터인 나이젤 후작이 자리를 함께하고 있었다. 하지만 그들의 표정은 결코 밝지 못했다.

밀리예프 국왕과 멘테스 공작은 한마디씩 말을 하였으나 나이젤 후작은 굳게 입을 닫아 아무런 말을 하지 않았다. 결코 심기가 편할 리는 없었을 것이다.

"나이젤 후작은 할 말이 없소? 애초에 그들을 지원하기를 바란 것은 후작의 의견이었지 않소?"

"신의 불찰은 확실하옵니다. 하나, 이미 국왕 폐하께옵서나 멘테스 공작께서는 이번 작전이 결코 성공하지 못하리라는 것을 이미 알고 있었지 않사옵니까? 이번 작전의 목표는 그들을 흔드는 것이 목적이었다는 것 또한 알고 있지 않았사옵니까?"

질책하는 밀리예프 국왕의 말에 그저 담담하게 자신에 대한 반론 아닌 반론을 펼치는 나이젤 후작이었다. 어차피 그들도 다 알고 있었다. 이제 와서 책임 소재를 밝힌다 해서 좋을 것도 없으니 말이다.

"그들과 승부를 보기보다는 오랫동안 그들을 흔들어 놓기를 바랐사오나, 계획대로 되지 않았사옵니다. 그들은 충분히 그럴 만한 능력이 있사옵고, 다만 한 가지 소득이라 하면 현 폴라리스 왕국의 국방장관이자 기사 아카데미의 원장이며 폴라리스 왕국의 삼대 마스터 중 한 명이 구데리안 공작이 제대로 활동을 하지 못하고 있다는 것에 위안을 삼아야 할 것이옵니다."

그러했다. 나이젤 후작의 말이 백 번 지당했다. 모르는 바가 아니나 그렇다고 전혀 아쉽지 않은 것은 아니었다. 그러하

기에는 이번 작전에 투입된 암영과 흑기사의 피해가 너무 컸
다.

"또한 폴라리스 왕국의 국왕의 실력이 마스터라는 사실을
알았으니 그리 나쁘지 않은 성과라 할 수 있사옵니다."

"끄음."

나이젤 백작이 폴라리스 왕국의 실력에 대하여 말을 하자
이내 얼굴을 일그러뜨리며 앓는 소리를 내는 밀리예프 국왕
이었다. 잊고 있었다. 자신이 처음 폴라리스 왕국의 국왕을
만났을 때 그는 이미 오우거를 잡을 만큼 대단한 실력이었다
는 것을 말이다.

그리고 그 이후로 오랜 시간이 흘렀다. 그 오랜 시간동안
발전하지 못했다면 말도 안 된다. 군사적으로 보았을 때 전란
의 시대에 기사든 마법사든 그 실력이 급격히 상승하기 때문
이었다.

"구데리안 공작이 깨어난다면 폴라리스 왕국의 마스터가
네 명이 되는 것이로군."

침중한 얼굴로 혼잣말처럼 되뇌는 밀리예프 국왕이었다.
부담스러웠다. 아니 이미 폴라리스 왕국 존재 자체가 부담을
넘어서고 있었다. 마스터가 네 명이 있는 왕국.

세 왕국 중 마스터의 수가 가장 많고, 또한 마법 전력이 가
장 강한 왕국. 가장 넓은 영토와 가장 많은 인구수. 거기에 야

만인 종자라 일컬어 상대하기조차 꺼려하는 바이큰족과의 형제국을 자처하고 있음에 이미 폴라리스 왕국은 이스턴과 히르센의 공동의 적이 되어 있었다.

"과거를 후회하기보다는 미래를 준비해야 되지 않을까 하옵니다."

"그리하여야 하겠지. 그래 무슨 방도라도 있는 것이오?"

주된 대화는 역시 밀리예프 국왕과 멘테스 공작과 이루어지고 있었다. 나이젤 후작은 그저 그 둘의 대화를 조용히 경청하고 있을 뿐이었다. 기실 기사 출신인 그가 음모와 모략이 판치는 왕국간의 대화에 끼어드는 것은 조금 무리였다.

그가 마스터에 이르렀으나 그는 천생 기사였기 때문이었다. 한 명의 주군에 목숨을 바치고 전투가 일어났을 때 가장 선두에 서서 적을 향해 돌진해 나가는 그런 기사 말이다.

"가장 당면한 문제는 폴라리스 왕국의 국혼에 보낼 사신단의 구성이옵니다."

"물론 이제 한 달 이내로 다가온 국혼이니 당연히 축하 사절을 보내야 할 것이나, 그리 쉽지만은 않을 것 같소."

"그들은 그리 크게 아국을 경계하지는 않을 것이옵니다."

"호오~ 그렇게 보는 연유가 있소?"

멘테스 공작의 말에 호기심을 드러내는 밀리예프 국왕이었다.

"국혼이라면 치열하게 치러지던 전쟁마저 일시간 멈추옵
니다. 그들이 반란군의 배후에 아국이 있다는 것을 파악했다
하여도, 국혼은 왕국 최대의 축제. 아무리 적대적인 관계라
하나 이미 하나의 왕국인 이상 아무리 껄끄러운 아국이라 하
여도 그 경계를 풀 수밖에 없사옵니다."

멘테스 공작의 말에 고개를 주억거리며 인정하는 나이젤
후작이었다. 하지만 나이젤 후작이 고개를 끄덕인 이유는 멘
테스 공작과 다른 관점에서의 인정이었다.

나이젤 후작이 평가하는 폴라리스 왕국의 국력은 아무리
이스턴 왕국과 히르센 왕국이 연합한다 하여도 쉽게 승리를
장담할 수 있는 수준이 아니었다.

그가 본 폴라리스 왕국의 기사들과 마법사들은 무서우리
만치 탄탄한 조직력과 실력을 가지고 있었다. 또한 그들을 뒷
받침하는 행정력 역시 탄탄했다. 과거 왕국민이 작아 병력의
수가 적다는 약점은 이제 완벽하게 사라졌다.

단일 병력으로 히르센과 이스턴의 병력과 동등할 정도로
완벽하게 성장한 폴라리스 왕국. 그 왕국의 조직은 너무도 견
고하여 아무리 두드린다 하여도 쉽게 깨어져 나가지 않을 것
이라 생각되었다.

그들은 또한 공명정대하였다. 어떻게 보면 전란의 시대와
전혀 맞지 않는 왕국이 폴라리스 왕국이라 할 것이었다. 그러

한 왕국과 전쟁을 치르고자 함에 가슴 한쪽 구석이 답답해 왔으나 이것은 어쩔 수 없는 수순일 것이었다.

나이젤 후작은 어리석지 않다. 마스터에 올라 내외로 바디 체인지가 된 자가 어리석을 리는 만무하지 않은가? 그저 자신이 선택한 주군이 여기에 있기에 그리고 자신보다 현명한 자가 여기 있기에 침묵을 지킬 뿐이었다.

"그렇다면 축하 사절단의 단장을 굳이 나이젤 후작을 보낼 필요는 없겠구려."

"나이젤 후작은 전쟁을 준비해야 할 것이옵니다."

한편으로는 축하 사절을 보내고 한편으로는 전쟁을 준비한다. 이것이 바로 멘테스 공작이 생각하는 바였다. 그리고 축하 사절이 돌아온 이후 전쟁이 시작될 것이다.

명분 따위는 필요없었다. 이미 명분은 만들어져 있으니. 과거 제국을 멸망시킨 바이큰족과 손을 잡는 것 그 자체가 명분이었으니 말이다.

"하면, 축하 사절단의 단장으로 누구를 보냈으면 하오?"

"단장으로 헤리엇 린세이 백작을 부단장으로 로버트 레드포드 자작이 어떠할지 생각 중이옵니다."

"헤리엇 린세이 백작이라……"

희끗하게 그리고 잘 정돈된 턱수염을 만지는 밀리예프 국왕이었다. 하지만 반론은 그에게서가 아니라 나이젤 후작에게서 나왔다.

"그는 너무 강경 노선을 걷는 자가 아니겠습니까? 만약 사절단으로 가서 불민한 일이라도 일어나면 어찌할 생각으로."

"그 경우를 생각하고 그를 보내는 것이오."

멘테스 공작의 말에 입을 다물어 버리는 나이젤 후작이었다. 멘테스 공작의 생각을 읽은 탓이었다.

'결국 그 수밖에 없는 것인가?'

멘테스 공작은 지금 불난 집에 기름을 집어넣는 것은 것이었다. 헤리엇 린세이 백작은 바이큰족을 지극히 싫어한다. 과거 황도 점령전을 펼쳤던 당시 바이큰족의 대전사에게 죽은 알리스타 오브레임 백작이 그의 외삼촌이었으니 어찌 보면 당연하다 할 것이었다.

그러한 그에게 축하 사절단을 보내는 것은 섶을 지고 불로 뛰어드는 것일 게다. 왜냐하면 그렇게 싫어하는 바이큰족과 혈맹의 관계를 맺고 있고, 원칙적으로는 귀족을 인정하고 있지만 그 속내를 살펴보면 이름뿐인 귀족을 허용하고 있으니 바이큰족만큼이나 폴라리스 왕국을 증오하는 자였기 때문이다.

그러한 헤리엇 린세이 백작을 축하 사절단의 단장으로 보낸다는 것은 분란을 조장하고 더 나아가서는 돌이킬 수 없는 관계를 설정함과 동시에 조그마한 꼬투리를 잡아서라도 전쟁을 위한 명분을 쌓기 위한 방편이라 할 수 있었다.

만약 헤리엇 린세이 백작이 이러한 밀리예프 국왕과 멘테스 공작의 생각을 읽어낸다면 살아 돌아올 것이고, 그렇지 않고 증오와 복수에 눈이 멀어 그 의도를 파악하지 못한다면 분명 그는 폴라리스 왕국에서 죽을 것이다.

'이미 돌이킬 수 없구나.'

그에 나이젤 후작은 한탄하였다. 그리고 마음을 정할 수밖에 없었다. 자신이 택한 주군이기에 그 주군에게 최대한 올바른 방향으로 인도하겠으나 그 범주를 넘어섰다면 그 주군과 목숨을 같이하는 수밖에 없지 않은가.

헤리엇 린세이 백작.

그는 지금 폴라리스 왕국에서 배정한 접빈관 중 하나인 백합관에 머물고 있었다. 백합관이 괜히 백합관이 아니었다. 백합관을 들어오기 위해서는 좌우로 길게 심어진 백합의 정원을 지나야만 했다.

지금 헤리엇 린세이 백작은 뒷짐을 진 채 커다랗고 아름드리나무와 새하얀 백합이 어우러져 묘한 감흥을 일으키는 백합의 정원을 바라보고 있었다. 그는 이마를 잔뜩 찌푸리며 잘 가꾸어진 정원을 바라보고 있었다.

무언가 지극히 마음에 안 든다는 표정으로 말이다. 그때 그가 서 있는 곳의 문이 열렸다.

"무슨 일인가?"

"오늘 연회가 있다 합니다."

"국혼을 준비하기도 바쁠 터인데 연회라……?"

"그렇습니다."

"그 연회에 누가 참석한다고 하던가?"

"대부분의 폴라리스 왕국의 고위 귀족들과 바이큰족의 사신들, 히르센 왕국의 사신들 등 대륙 대부분의 사신들이 참여한다고 합니다."

부단장 레드포드 자작의 말에 그렇지 않아도 인상을 구기고 있던 린세이 백작은 이제는 숫제 어금니를 으드드득 갈아붙였다. 도대체가 마음에 들지 않은 탓이었다.

제국의 적이라 할 수 있는 바이큰족을 혈맹으로 삼다니 말이다. 그 인간 같지도 않은 도적들이나 다름없는 놈들을 말이다.

"흥! 폴라리스 왕국 놈들이 하는 짓이 그렇지. 몇 시인가?"

"저녁 6시라 합니다."

"기사들을 준비하게."

"기사들을 말입니까?"

린세이 백작의 말에 뜨악하는 표정으로 놀란 얼굴로 린세이 백작을 바라보는 레드포드 자작이었다. 연회장에 기사들이라니.

'이러다 사단이 나는 것이 아닌지 모르겠군.'

"왜? 연회에는 기사들을 대동하면 안 되는 것인가? 공문에 기사를 대동하지 말라는 말이라도 있었던가?"

"아니, 그것은 아닙니다만 연회일진대……."

뒷말을 흐리는 레드포드 자작의 말에 무엇이 마음에 들지 않은지 혀를 차며 말을 하는 린세이 백작이었다.

"쯧쯧, 그렇게 대가 약해서야 어찌 사신으로서의 역할을 할 수 있단 말인가? 이번 축하 사절단은 단순히 축하만을 위한 사절단이 아니네. 바로 아국의 건재함을 과시하고 저 방약무도한 폴라리스 왕국의 기를 꺾는 역할도 해야 한다는 것이네.

지금 폴라리스 왕국은 여기가 자신들의 안방임에 그 세를 과시하고 싶어 하는 것이네. 그러한데 우리가 거기에 굳이 맞혀줄 필요는 없지 않은가? 여차하면 아국 기사들의 힘을 보여줄 필요가 있음이야."

지금 린세이 백작은 자신이 이곳에 온 목적을 달리 생각하고 있었다. 약세를 보이지 말라는 말로 해석하고 있었다. 물론 이곳으로 오기 전에 멘테스 공작에게 사신단의 역할을 충실히 설명받기는 했지만 애초에 멘테스 공작은 린세이 백작에게 자세한 설명을 생략하였다.

어차피 린세이 백작은 대를 위한 소모품일 뿐이었으니 복
수와 증오에 눈먼 그에게 자세한 설명을 해줄 필요가 없었다.
린세이 백작은 죽어야 할 인물이었으니 말이다.

하지만 린세이 백작은 그것을 알지 못했다. 이곳에서 자신
의 역할은 적에게 자국의 약함을 드러내지 않아야만 했다. 물
론 국혼을 축하하기 위해 파견된 사신에게 시비를 걸 그런 대
담무쌍한 자들은 없을 것이다.

알고 있지만 만일이라는 것이 있다. 지금 린세이 백작은 그
있지도 않을 만일을 위해 기사를 대동할 생각인 것이었다. 지
극히 위험한 생각이었으나 레드포드 자작은 막지 않았다.

왜냐하면 그도 양국 간에 돌아가는 상황을 알고 있으니 당
연한 것이었다. 말이 동맹이지 이미 적으로 돌아섰고, 국혼이
끝나면 전쟁으로 돌입할 양국의 관계에 있어서 무슨 불민한
사건이 일어나지 말라는 법이 없지 않은가?

"페르니모 경에게 말해두겠습니다."

"그렇게 하게."

연회를 위해 팔두 마차에 오른 린세이 백작. 평생 팔두 마
차를 탈 수 있을 줄은 몰랐다. 하지만 이번 사신행에 멘테스
공작은 팔두 마차를 내어주었다. 그에 린세이 백작은 그만큼
이번 사신행과 사신행에서 자신이 맡은 역할이 중요하다고

스스로 생각했다.

마차의 행렬은 길었다. 하지만 그 긴 마차의 행렬에도 불구하고 대기하는 시간은 짧았다. 아니, 대기했다고 생각하지도 못할 정도로 즉각적으로 입장하고 있었다.

그것에 대해서 린세이 백작은 별다른 반응을 보이지 않았다. 지금까지 여러 번의 사신행을 했거나 혹은 왕도를 들렀지만 이렇게 즉각적으로 입장하는 경우는 지극히 드물었으니 말이다.

"쯧, 신분조차 제대로 확인하지 않다니. 역시 하찮은 북부인들이란."

린세이 백작의 눈에는 그렇게 보였다. 어떻게 다수의 마차 행렬에 있어서 이렇게 대기 시간도 없이 입장할 수 있느냐를 생각해 보면 당연히 확인조차 안 하고 들여보낸다고 생각할 수밖에 없으니 말이다.

하지만 그는 모르고 있었고, 감안하지 못하고 있었다. 폴라리스 왕국은 이미 세 왕국 중에 가장 마법사가 많고 마법 전력이 강한 왕국이라는 것을 말이다.

린세이 백작이 이미 폴라리스 왕국을 낮춰 보기 시작했으니 보이는 모든 것이 다 낮춰질 수밖에 없었다. 아는 만큼 즐기고 아는 만큼 보이는 것이다. 린세이 백작은 딱 그 수준만큼 알고 즐길 수밖에 없었다.

긴 회랑을 지났다.

물론 회랑이란 말이 맞지는 않았다. 회랑이란 대부분 내부의 건물의 아치형 천정을 가진 높은 복도를 말하는 것이니까. 하지만 이곳은 외부였다. 하지만 회랑이 맞았다.

짙은 녹색으로 만들어진 길고 긴 회랑. 그 밑으로 아름다운 꽃들과 살아 있을 것 같은 백색의 조각상들을 둘러싼 담쟁이 넝쿨이 어울려 고풍스럽고 한여름의 더위를 날려주고 있었다.

"쿵, 조경 하나는 정말……."

지금 린세이 백작은 놀라고 감탄하고 있었다. 이러한 조경은 하루아침에 만들어질 수 없었다. 고풍스러움은 오랜 시간을 통해 이루어지는 것이니 말이다. 연회가 있는 에메랄드 궁은 그만큼 대단했다.

지금 린세이 백작은 자신의 행태를 잘 모르고 있었다. 그렇게 천박하고 비천하게 보았던 폴라리스 왕국의 왕궁 중 하나에 지나지 않은 에메랄드 궁을 바라보며 감탄하고 있다는 것을 말이다.

하지만 이내 린세이 백작은 흠칫하는 표정을 지었다. 자신의 실태를 알아차렸기 때문이었다.

'이런!'

속으로 당혹성을 내뱉은 린세이 백작은 이내 경탄의 표정을 지우고 최대한 무심한 표정으로 돌아왔다. 길고 긴 형형색색의 회랑이 끝이 났다. 그리고 다가오는 눈부시게 밝은 빛과 질서 정연하게 좌우로 늘어선 의장 기사들이 보였다.

보통은 의장 병사들이 서 있을 것이나 상황이 상황이고 맞이하는 자들이 맞이하는 자들이니만큼 의장 기사들로 의장 사열을 준비한 것이었다. 백색의 예복, 흰 깃털이 달린 모자에 턱 앞쪽에 걸친 모자, 하얀색 장갑에 하얀색 신발.

"발검!"

처저저적!

흰색의 검갑과 금색의 수실이 멋들어지게 어울린 검갑에서 시리도록 푸른빛을 내는 검이 튀어 나왔다. 그리고 발검과 동시에 검의 끝을 우측으로 사선으로 내렸다.

"예검!"

구령과 함께 기사들이 일사불란하게 움직였다. 아래쪽으로 내려졌던 검끝이 하늘로 향했다. 하지만 완전히 펴지지는 않았다. 턱 끈의 바로 앞에 검 손잡이의 끝이 닿아 있었다.

"천검!"

그에 검의 끝이 하늘을 찔렀다. 정확히 마주본 상대의 검 끝을 향하고 있었다.

"추우웅!"

그 상태로 의장 기사들은 어떠한 움직임도 보이지 않았다.

그 모습에 검을 조금이라도 잡아본 경험이 있는 기사들과 귀족은 감탄하고야 말았다. 검을 움직이기는 쉽다.

하지만 검을 움직이지 않고 그것을 견딘다는 것은 지독히 힘들다는 것을 모를 귀족들과 기사들은 없었다. 기사들이 드는 검과 다른 예검이라고는 하지만 그 무게가 결코 한 손으로 들고 10분 이상 들고 서 있을 무게는 전혀 아니었다.

그러함에도 의장 기사들의 얼굴에는 어떠한 표정도 드러나 있지 않았다. 설사 검에 경량화 마법을 걸었다 해도 팔을 쳐들고 서 있다는 것 자체가 힘들거늘 의장 기사들은 어떠한 미동조차 없었다.

"대단하군."

기어코 페르니모 경이 그 말을 내뱉고야 말았다. 그 말을 내뱉고 흠칫하는 표정이었으나 이미 린세이 백작이나 레드포드 자작 모두 부지불식간에 그러한 경험이 있기에 유야무야 넘어가고 있었다.

적국에 와서 적의 행동에 감탄한다는 것은 있을 수 없었으나 사람은 종종 이성이 잘 조절되지 않은 경우가 있다. 지금과 같은 상황이 바로 그러한 상황이라 할 것이었다.

어찌 되었든 린세이 백작을 비롯한 이스턴 왕국의 사신 일행은 팔두 마차를 밖에 세워두고 연회장 안으로 들어서고 있었다. 이미 많은 이들이 연회장에 입장해 있었고, 전체적으로 깔끔하고 화려한 것이 마음이 흡족했다.

하지만 이내 인상을 잔뜩 찌푸릴 수밖에 없었다. 린세이 백작이 머물고 있는 곳, 그곳은 귀족들의 복식이 아닌 약간의 이질적인 복식을 하 일단의 인물들이 있었는데 다름 아닌 바이큰족의 사신들이었다.

린세이 백작의 걸음이 그들이 있는 곳으로 향했다. 바이큰족의 사신들이 있는 곳에는 아무도 없었다. 오로지 그들만이 존재했다. 그 특이한 복식도 복식이었지만 은근히 작용하는 히르센과 이스턴 왕국 사신들의 압력에 의해서였다.

"흥! 비천한 놈들이 도대체 무슨 자격으로 이런 연회에 오는 것인지……."

린세이 백작의 말에 바로 반응하는 바이큰족의 사신들이었다.

"훗! 별것도 아닌 놈들이 입만 살아서는."

서로가 서로에게 원색적인 말을 쏟아내고 있었다. 귀족의 품위니 혹은 사신에 대한 예우니 하는 것은 일찌감치 접어둔 듯 보였다.

"이, 비천한 놈들. 방금 무어라 했는가?"

"배때기에 기름이 끼니 귓구멍에도 기름기가 꼈더냐. 모두들은 소리를 듣지 못하다니 말이다."

"가, 감히, 비천한 족속들 주제에 제국의 적통인 아국을 비웃는 것이더냐?"

"이미 멸망한 제국을 대체 어디서 운운하는 것이더냐? 네
놈은 제국민이더냐, 아니면 이스턴 왕국의 귀족이더냐? 흥!
네놈의 국왕이 그 소리를 들었으면 아주 좋아하겠구나."

바이큰족의 사신들과 이스턴 왕국의 사신들이 서로 원색
적인 입씨름을 시작하자 여타 왕국의 사신들은 무슨 재미있
는 구경거리가 생겼다는 듯이 그들의 주변을 빙 둘러싸 두 사
신들의 신경전을 바라보고 있었다.

아직 연회는 시작되지 않았으나 바이큰족의 사신과 이스
턴 왕국의 사신들의 신경전을 바라보는 귀족들은 그저 본격
적인 연회가 시작되기 전의 여흥으로 생각하고 있는 모양이
었다.

"무엇이?! 네 이노오옴! 어디서 그런 천박한 말을 내뱉느
냐!"

"천박하다니. 말이야 바른 말이지. 제국이 몰락한 것이 어
디 바이큰족에 의해서였던가? 바이큰 왕국이 황도를 점령할
때 귀족들은 어디 있었던가? 바이큰 전사가 무서워 구석에 박
혀 머리를 처박고 있지 않았던가? 그것이 그 고귀한 귀족들의
방식인가?"

바이큰족의 사신으로 온 프톨레마이오스의 대담하고도 직
설적인 발언에 연회장은 순식간에 싸늘하게 얼어붙었다. 그

때 장갑 한 장이 프톨레마이오스의 얼굴로 날아왔다.

결투를 신청한 것이었다.

"귀족의 명예를 더럽혔음에 나 헤리엇 린세이는 클락슨 프톨레마이오스에게 결투를 신청한다."

그에 프톨레마이오스는 허리를 굽혀 침착하게 장갑을 집어 들었다. 그리고 시선을 한쪽 방향으로 돌렸다. 그 시선을 따라 가던 헤리엇 린세이 백작. 이내 헛바람을 집어삼켜야만 했다.

그곳에는 언제 들어왔는지 폴라리스 왕국의 국왕이 서 있었다. 그 옆에는 앞으로 며칠 안 남은 국혼을 치르면 폴라리스 왕국의 국모가 되는 테레지아 백작이 서 있었다.

그 뒤를 이어 카이시스 대공과 베인 후작, 부상에서 아직 완벽하게 벗어나지 못한 듯 창백한 안색의 구데리안 공작과 클라우제비츠 후작 등 폴라리스 왕국을 건국한 실질적인 주요 인사들이 있었다.

꿀꺽!

저도 모르게 마른침을 삼켜버린 헤리엇 린세이 백작이었다. 긴장한 그의 귓가로 들려오는 담담한 목소리.

"귀족이 손상된 명예를 회복하기 위해서는 결투가 최고겠지. 뭐 경사스런 국혼이 있기 전 불미스러운 일이 생겼으나 그렇다 하더라도 개인의 명예는 중요한 것이지. 그래, 생사결로 할 것인가?"

베르누크는 한술 더 떴다. 죽기로 싸우겠는가라고 물어보고 있었다.

"공증인으로는 나를 비롯해 이곳에 참석한 아국의 대공과 후작이면 될 것인데 말이오. 어떻소?"

"아니, 그……."

무언가 말을 하려 하는 헤리엇 린세이 백작이었다. 하지만 말을 이을 수는 없었다. 이어지는 베르누크의 말 때문이었다.

"대리를 내세우셔도 되오. 결투 일시는 짐의 국혼이 얼마 남지 않았으니 지금 하는 것이 어떻겠소?"

말려야 할 사람이 오히려 판을 더 키우고 있었다. 어찌 보면 지독히도 얄미울 정도로 밉살스러운 행동이었지만 그러한 내심을 밖으로 드러낼 정도의 귀족들은 없었다.

"베인 후작 어떻소. 바로 준비되겠소?"

"연무장은 항상 비어 있사옵니다."

"이렇다고 하오. 어떠하시오. 설마 그냥 넘어가실 생각은 아니지요?"

베르누크는 노골적으로 헤리엇 린세이 백작을 바라보았다. 그에 린세이 백작의 얼굴은 일그러질 대로 일그러져 있었다. 불난 집에 불을 지르고 있다. 폴라리스 왕국의 국왕이 관여하지 않았다면 오로지 자신만의 결투가 되었을 것이다.

하지만 폴라리스 왕국의 국왕이 베르누크가 관여하게 되자 이것은 왕국과 자신 개인의 결투가 아닌 자신이 속한 왕국을 대표하는 결투가 되어버렸다. 당황하지 않을 수 없는 상황이었다.

벗어나고자 하지만 벗어날 도리가 없었다. 린세이 백작이 주변을 둘러보다 페르니모 경과 눈이 부딪혔다. 페르니모 경 역시 얼굴이 딱딱하게 굳어져 있었다.

나이젤 백작이 총애하는 기사 중 한 명이었지만 그렇다고 눈치마저 전혀 없는 것은 아니었다. 지금 돌아가는 상황이 자신들에게 전혀 도움이 되지 않는 방향으로 흘러가고 있음을 모르지 않았다.

페르니모 경은 무겁게 고개를 끄덕였다.

"동의하겠사옵니다."

그에 린세이 백작이 동의했고, 프톨레마이오스 역시 고개를 끄덕여 동의를 표했다. 그에 베르누크는 의미심장하게 웃었다. 마치 모든 것이 자신의 뜻대로 이루어지고 있다는 듯이 말이다.

"좋소. 다들 들으셨을 것이오. 모두 자리를 옮겨주기 바라오."

모두 자리를 옮겼다. 하지만 단 한 곳, 히르센 왕국의 사신으로 온 메드라노 베스퍼 백작과 부단장으로 온 로자스 오툰바예바 자작만이 심각한 표정을 짓고 있었다.

다른 이들은 어쩌면 이것을 간단한 유흥거리로 생각할지도 몰랐다. 하지만 지금 첨예하게 대립하고 있는 상황에서 폴라리스 왕국의 국왕이 미묘한 시점에서 나서는 것 자체가 무언가 작위적인 느낌이 들었던 탓이었다.

마치 한 편의 잘 짜인 연극을 보는 듯한 느낌을 강하게 받았던 탓이었다.

"이 터무니없는 상황. 어찌 보는가?"

"아마도 폴라리스 왕국의 국왕이 미리 덫을 놓은 듯합니다. 그 덫에 우리보다는 성격이 급했던 이스턴 왕국의 사신이 걸린 것이고 말입니다."

"계획적이란 말인가?"

알고 있으면서도 다시 물어보는 베스퍼 백작이었다. 정치적인 감각은 오히려 베스퍼 백작이 더 뛰어날 것이었다. 하지만 그를 보좌하는 오툰바예바 자작은 베스퍼 백작의 두뇌와 같은 사람이었다.

"우연이라 치기에는 너무 공교롭습니다. 폴라리스 왕국에는 현자의 탑의 마스터가 후작으로 있습니다. 저 또한 새로이 그 기반을 다지고 있는 현자의 탑 소속이지 않습니까?"

오툰바예바 자작의 말에 베스퍼 백작은 고개를 끄덕일 수밖에 없었다.

현자의 탑. 과거 제국 시절 그 뿌리까지 흔들렸으나 지금은 북부 폴라리스 왕국에 기반을 두고 다시 그 전성기를 누리고 있었다.

지금 이스턴이나 히르센 혹은 대륙 전체에 행정이나 혹은 군사 그리고 참모를 맡고 있는 대부분의 이들이 바로 현자의 탑 출신이라고 할 수 있었다. 그러한 현자의 탑의 수장이 이곳에 존재한다.

하니, 대륙의 모든 정보가 현자의 탑이 있는 이곳 폴라리스 왕국에 접수되어 있다고 해도 과언이 아니라 할 것이었다. 하지만 이스턴이나 히르센은 그것을 간과하고 있었다.

만약 지금 오툰바예바 자작이 그 말을 하지 않았더라면 베스퍼 백작조차 그것을 간과하고 있을지도 몰랐다. 알고 있으나 숨 쉬는 것처럼 너무 자연스러워 잊고 있었던 것을 오툰바예바 자작이 다시 일깨워 주고 있었다.

"우리는 폴라리스 왕국에 대해 너무 무지했군."

"무지한 것이 아니라 무시한 것입니다. 폴라리스 왕국은 이스턴이나 아국에 있어서 단독으로 전쟁을 일으켜 승리할 수 있는 상대가 아닙니다."

그에 흠칫하는 베스퍼 백작이었다. 그의 표정은 그게 무슨 말도 안 되는 말이냐 하는 표정이었다. 하지만 그런 표정을 바라보는 오툰바예바 자작은 냉정했다.

"아국에 있어서 마스터는 겨우 두 명입니다. 국왕 폐하와 감추어진 한 명의 마스터. 기사의 전력을 비교한다 하여도 폴라리스 왕국의 기사단은 알려진 근위 기사단만 3천 명에 이릅니다. 마법사는 또 어떠합니까?"

오툰바예바 자작의 냉정한 말에 베스퍼 백작은 할 말이 없었다. 과거에는 폴라리스 왕국이 북부에 한정되어 있을 것이었으나 지금은 북부가 아닌 제국의 서부까지 점령한 가장 큰 세력을 형성하고 있는 폴라리스 왕국이었다.

'우리는… 애써 폴라리스 왕국을 머릿속에서 지우고 있었구나.'

그리고 베스퍼 백작은 깨달을 수 있었다. 이스턴 왕국과 히르센 왕국은 아직도 과거의 폴라리스 왕국만을 생각하고 있었다. 과거도 아주 먼 과거 왕국으로 성립되기도 전인 제국의 북부를 차지하고 있던 그런 폴라리스 왕국을 말이다.

"그렇군. 우리는 애써 부정하고 있었군. 하아~"

길게 한숨을 내려 쉬는 베스퍼 백작이었다. 인정할 수 없지만 인정해야만 하는 현실의 답답함에 내쉬는 한숨이었다. 지금도 인정하기 싫었다.

"준비가 다 되었나보군. 나가보세."

"가시지요."

베스퍼 백작을 안내하는 오툰바예바 자작이었다. 오툰바

예바 자작의 위치는 베스퍼 자작보다 살짝 뒤쪽이었다. 하나,
오툰바예바 자작의 표정은 지극히 짧은 찰나의 순간에 날카
롭게 빛난 후 다시 본래의 표정으로 돌아오고 있었다.

"커허어억!"

쿠드드득!

베스퍼 백작과 오툰바예바 자작이 결투가 일어나는 연무
장에 도착했을 때는 가슴이 답답한 소리가 들려오며 한 명의
거구의 기사가 허공으로 붕 떠서 떨어져 내리고 있었다.

"이거 너무 싱겁군."

마치 린세이 백작을 도발하듯이 턱을 앞으로 세우며 크게
외치는 프톨레마이오스였다.

"저런… 이……."

차마 말을 잇지 못하는 린세이 백작. 그를 바라보는 베르누
크의 시선이었다. 그의 얼굴은 아주 만족한 얼굴이었다.

"린세이 백작의 대리 기사가 졌소. 계속하시겠소?"

베르누크의 목소리에 어금니를 꽉 깨물었다. 망신창이가
되어버린 것이었다.

"승, 승복하겠습니다."

"하면, 바이큰족의 사신인 클락슨 프톨레마이오스에게 사
과하도록 하시오."

그에 린세이 백작이 잠시 멈칫거렸다. 굴욕스럽고 치욕스러웠기 때문이었다. 얼굴이 벌게져 어찌할 바를 몰라 하는 린세이 백작이었다. 그 모습을 여유있게 지켜보고 있는 베르누크였다.

모든 시선이 린세이 백작을 향했다. 마치 재미있는 광대놀음을 보는 것처럼. 그리고 기어코 린세이 백작은 앉아 있던 자리에서 엉덩이를 떼어 무겁게 발걸음을 옮겼다.

"본 작의 실수였소. 그에 대해 깊은 사죄를 담아 용서를 빌겠소."

"사과를 받아들이겠소."

기어코는 고개를 숙이고야 마는 린세이 백작이었다. 그러자 마치 기다렸다는 듯이 여기저기에서 웅성거리는 소리가 들려왔다. 듣지 않으려 해도 들려오는 웅성거림.

"허~ 이스턴 망신을 다 시키는구나."

"제대로 감당하지도 못할 것을 어찌 이리도 판을 키웠누."

그것으로 끝이었다. 모든 귀족이 자리를 벗어났다. 하지만 린세이 백작과 레드포드 자작 그리고 페르니모 경은 결코 그 연무장을 떠나지 못하고 있었다.

치욕스러웠다.

그에 린세이 백작은 연무장의 바닥에 털썩 주저앉았고, 땅을 짚은 손으로 피가 배이도록 주먹을 움켜쥐었다.

“내… 이 치욕을… 잊지 않을 것이다.”

절대 잊을 수 없었다.

그러한 린세이 백작을 비롯한 이스턴 왕국의 사신들을 바라보는 눈이 있었으니 바로 베르누크와 히르센 왕국의 사신들이었다. 그들이 이스턴 왕국의 사신들을 바라보고 있었으나 같은 곳을 본다 하여 같은 생각을 가진 것은 절대 아니었다.

“씨앗은 제대로 뿌려졌군.”

“어째 갈수록 흉악해지십니다.”

베르누크의 말에 설설 웃으며 말을 받는 카림이었다. 마치 자신을 놀리는 것 같은 표정과 말투였으나 베르누크는 이미 이골이 났는지 전혀 신경 쓰지 않은 기색이었다.

“누구한테 배운 건데…….”

“설마 그 누구가 저입니까?”

“확실히 현자의 탑 수장이라서인지 이해가 빨라~”

“허~ 어찌. 제가 이렇게 된 것이 누구 때문인데 그런 말씀을…….”

둘은 농담을 하고 있었다. 그들만의 긴장과 피로를 푸는 방법이라 할 것이었다.

“됐고, 히르센도 보고 있겠지?”

“보다뿐이겠습니까? 이미 작업에 들어갔을 것입니다.”

“그쪽에도 손을 써뒀던가?”

"이래 보여도 현자의 탑의 수장입니다."

"그렇게 안보이니까 문제지. 여튼 준비 철저히 해."

"알겠습니다."

베르누크와 카림이 작당모의를 하고 물러날 동안 히르센 왕국의 사신들은 이 엄청난 광경을 숨을 삼키며 지켜보아야만 했다. 꼭 전쟁이 나고 피가 흘려야만 엄청난 광경이라고는 할 수 없었다.

지금 이스턴 왕국은 치욕 중에 치욕을 당하고 있는 것이었다. 축하 사절단이라 하나 그 사절단은 각 왕국을 대표하는 사절이었다.

그런 사절단이 치욕을 당했다는 것은 왕국이 치욕을 당했다는 것이요, 왕국의 위신이 땅에 떨어졌다는 말과 직결되는 것이었기 때문이었다.

때문에 베스퍼 백작은 얼굴이 침중하게 굳어졌다. 무서웠다. 이 모든 것이 철저하게 계획된 것이라 분석한 자신의 두뇌격인 오툰바예바 자작의 말 때문도 있지만 흘러가는 모양새가 너무 딱딱 맞아 들어가고 있었기 때문이었다.

'오툰바예바 자작의 말이 맞다면 그는 진정 무서운 자다.'

그 모든 것을 뒤로하고 마침내 베르누크와 테레지아 백작의 결혼식이 거행되었다. 그 둘의 결혼에 폴라리스 왕국의 모든 왕국민은 왕궁 앞에 있는 커다란 광장에 모여 그 둘의 결혼을 축하해 주고 있었다.

그 둘의 결혼을 축하해 주는 카이시스 대공의 주례가 고요하고 성스러운 분위기 속에서 이제 끝으로 향하고 있었다.

"…행복라는 건 붙잡는 것이 아니라 느끼는 것입니다. 이상으로 폴라리스 왕국의 국왕인 베르누크 아이젠 폰 캘리노스 폴라리스와 마리아 테레지아 아이젠 폰 폴라리스의 성혼을 선포하는 바입니다."

드디어 폴라리스 왕국에 국모가 생겼다. 근 한 달 간 이어온 폴라리스 왕국의 축제가 이제 그 정점을 찍은 것이었다. 이제 폴라리스 왕국이 안정을 찾았다 할 수 있었다.

그와 함께 대내외적으로 반포한 것이 있었으니 바로 후계로 세울 왕세자를 선택하는 일이었다. 왕자가 한 명이었기에 이미 현 일왕자를 왕세자로 인정하는 분위기였으나 그것은 여전히 분위기일 뿐, 정해진 것은 아무것도 없었다.

하나 베르누크는 국혼과 동시에 단 한 명뿐인 일왕자를 왕세자로 임명함을 반포했다. 그것도 내외의 모든 귀족들이 모인 자리와 왕국민이 모여 있는 자리에서 말이다.

물론 일왕자를 왕세자로 정함에 있어 테레지아 왕비의 의견을 구한 것은 당연했다. 그녀는 왕비이지만 이 왕국의 국모이다. 그러한 이의 의견을 구하지 않는다는 것은 있을 수 없는 일이기 때문이었다.

그것은 왕국의 안정에 있어서 반드시 필요한 조치였다. 불안정했던 폴라리스 왕국이 이로서 완전하게 자리를 잡게 되었다. 반란을 진압하고 골칫거리로 남을 뻔했던 왕국 남부의 산적들도 토벌했다.

불안했던 후계 구도를 완전히 잡았으며, 비어 있어 자칫 잘못하면 귀족들 간 왕비를 보고자 피를 볼 수도 있는 상황에사 왕비를 맞아들임으로써 그러한 소지를 완벽하게 차단한 것이었다.

모두가 그들을 축복하고 있으나 그들의 결혼을 결코 좋게 보지 않은 이들이 있었으니 바로 이스턴 왕국의 사신과 히르센 왕국의 사신들이었다.

그들은 다름 아닌 이스턴 왕국의 사신과 히르센 왕국의 사신들이었니 이스턴 왕국은 그러한 둘을 노려보며 볼까지 부들부들 떨며 어금니를 부드득 갈아붙였다.

히르센 왕국의 사신은 이제는 너무나도 커져 버려 도저히 혼자의 힘으로는 감당할 수조차 없어져 버린 폴라리스 왕국을 생각하며 망연하게 그 둘의 결혼식을 지켜보고 있었다.

하지만 오늘만큼은 그들이 그러거나 말거나 전혀 신경 쓰지 않은 이가 있으니 그는 바로 베르누크였다. 이미 결정된 사항을 번복할 수도 없는 사항에 굳이 머리 깨질 필요없다는 것이 바로 베르누크의 생각이었다.

그리고 더 중요한 것은 평생을 같이 할 반려자가 바로 곁에 있는데 오늘 하루쯤은 그 모든 것을 잊고 있어도 될 하루였다.

베르누크는 곁에 있는 테레지아 왕비와 눈을 맞추며 마주 웃었다.

베르누크는 지금의 이 순간이 지독히도 좋았다. 너무도 좋아서 눈물이 날 것만 같았다. 그런데 이 좋은 순간 그의 눈에 어리는 것은 자신에게 가문을 맡겼던 아버지와 가문을 일으키기 위해 상행을 나섰던 형과 못난 자신을 끝까지 믿어줬던 어머니가 보였다.

베르누크의 미소는 묘했다. 웃는 것 같기도 우는 것 같기도 했다. 일그러지기도 했으며 활짝 펴지도 했으며 어찌 보면 찡그리는 것 같기도 했다. 마치 터져 나오려는 울음을 참으려는 그러한 표정이었다.

그러한 베르누크의 모습을 차분히 바라보던 테레지아 왕비는 살며시 베르누크를 품에 안았다. 체구로 보아서는 불가능할 것 같았으나 가능했다. 그리고 테레지아 왕비는 베르누크의 등을 쓸어내리며 조용히 입을 열었다.

"우셔도 되옵니다. 제 앞에서는 우셔도 되옵니다. 때로는 아주 가끔은 말이옵니다."

그것은 위로였고, 위안이었다. 테레지아 왕비는 베르누크의 과거를 알고 있었다. 북부인이라면 베르누크의 과거를 모르는 이는 없으니 말이다. 그러하기에 지금 여기에 있는 이 거구의 사내가 왜 이리 측은해지는지 알고 있었다.

"이리 좋은 날, 울면 쓰겠소. 웃어야지요. 아마 아버지께서도, 형님께서도, 어머니께서도 이런 날은 웃어야 한다고 하겠지요."

"그렇다면 웃으시옵소서. 지나버린 과거를 회상하기보다는 다가올 미래를 상상하시옵소서."

"그리하리다."

베르누크는 테레지아 왕비의 손을 잡고 왕국민들이 모여 있는 곳으로 향했다.

이미 카이시스 대공이 마법적인 기법으로 드넓은 광장까지 마법을 다리를 건설한 바 베르누크와 테레지아 왕비가 걸어감에 수없이 많은 꽃잎이 하늘을 수놓았다.

그리고 그 둘은 왕국민을 향해 밝게 웃으며 손을 흔들었다.

"와아~!"

"국왕 폐하 만세!"

"왕비 폐하 만세!"

이로써 폴라리스 왕국의 새로운 시대가 열렸다.

CHAPTER
07
대륙 전쟁의 시작

Knight King

폴라리스 왕국의 국혼이 있은 몇 달 후 어느 날.

"저곳인가?"

"그렇습니다."

"알람 마법 해제는 어찌 되었나?"

"니콜라이 백작과 그가 이끄는 종군 마법사가 이미 출발했습니다."

이들은 누구인가?

아직 해도 뜨지 않은 짙은 어둠이 사위를 적시고 있는 이 시각. 바로 옆에 있어도 얼굴조차 제대로 파악할 수 없을 정도의 시각. 그러한 시각에 도대체 이들은 무엇을 하고 있는 것인가.

그들이 바라보는 곳은 북쪽 방향. 다름 아닌 이스턴과 폴라리스 왕국의 국경 지역인 안티쿠아였다.

그 안티쿠아 지역을 바라보고 있는 자는 다름 아닌 이스턴 왕국의 유일한 마스터 나이젤 후작이었고, 나이젤 후작의 곁에 있는 자는 부사령관인 카리코프 백작이었다.

이번 폴라리스 진공전에 참여한 군세는 총 90만. 종군 마법사의 수효가 160명에, 기사가 무려 1만 3천 명이었다. 폴라리스 진공전은 총 세 개의 방향으로 동시에 진공하는데, 그 방향은 각각 튀니스와 안티쿠아 그리고 프라리아 지역이었다.

짙은 어둠이 깔렸던 하늘이 서서히 밝아오기 시작했다. 아주 조금씩 어둠이 빛에 밀려나기 시작한 것이었다. 그에 나이젤 후작은 크게 숨을 들이쉬었다. 내뱉었다.

그때 카리코프 백작의 품속에서 무언가가 부르르 떨리는 것이 느껴졌다. 그에 빠르게 품속으로 손을 가져가던 카리코프 백작이 역시 긴장된 얼굴과 목소리로 나이젤 후작에게 보고했다.

"해제되었습니다."

"음, 지금으로부터 정확히 1분 후 진공을 시작한다. 그리고 무운을 빈다고 전해주게."

"명을 전합니다."

카리코프 백작의 말이 떨어지기 무섭게 카리코프 백작의 뒤에 있던 종군 마법사가 급하게 후방으로 움직이기 시작했다.

"준비하도록!"

"명을 따릅니다."

카리코프 백작이 사라졌다. 이제 나이젤 후작의 곁에 남아있는 이는 폴라리스 진공1군의 참모장인 듀발 백작만이 남아있었다.

"우리가 성공할 수 있을까?"

"그러한 의문보다는 확신을 가져야 할 때라고 봅니다."

나이젤 후작의 시선이 듀발 백작을 향했다. 깡마른 얼굴, 약간 굽어진 코, 날카로운 눈빛, 앙다문 입술. 전형적인 문관이었다. 그것도 앞뒤가 꽉 막힌 그러한 문관 귀족 말이다.

헌데 그러한 자가 폴라리스 진공 3개군을 총괄하는 참모장에 있는 것이었다. 하지만 나이젤 후작은 알고 있었다. 그가 얼마나 날카로운 직관력과 예리한 통찰력을 지니고 있는지 말이다.

"시간이 되었습니다."

"음."

듀발 백작의 말에 무겁게 고개를 끄덕인 나이젤 후작이었다.

"지금 이 시간부로 폴라리스 왕국으로의 진공을 시작한다. 시작은 공성병기로부터 종군 마법사, 궁병, 보병, 기사단의 순으로 진입하도록 한다."

"명!"

그렇게 폴라리스 왕국과 이스턴 왕국의 전쟁은 이스턴 왕국의 전면적인 선제공격으로 시작되었다. 사신을 통해 전쟁의 시작을 알리는 사전 통보조차 없이 전면적으로 기습된 침공이었다.

"이스턴이 시작했다고?"

"그렇사옵니다."

"적들의 진군 상황은?"

"기습적이기는 했으나 기습적인 전면전치고는 그리 큰 성과를 얻은 것은 아니옵니다."

"각설하고 본론으로."

베르누크의 말에 카림은 앉아서 보고하던 자세를 바꿔 기다란 지시봉을 들고 일어섰다. 그러자 미세한 소리가 들려오며 폴라리스 왕국 전체가 축소된 모형으로 서서히 드러났다.

"현재 파악된 이스턴 왕국의 병력은 총90만. 1군, 2군, 3군으로 나누어져 있으며 중앙 1군 40만, 종군 마법사 60명, 기사단 5천 명으로 총사령관은 나이젤 후작이옵니다. 좌측 2군 사령관은 켄들릭 백작으로 병력 30만, 종군 마법사 50명, 기사단 4천 명이오며, 우측 3군 사령관은 펠리스 백작으로 병력 30만, 종군 마법사 50명, 기사단 4천으로 파악되었사옵니다.”

거의 1백에 이르는 확대회의임에도 불구하고 카림의 설명에 놀라는 이는 없었다. 이들은 모두 어느 정도 알고 있었음과 더불어 준비를 하고 있었던 탓이었다. 언제고 이스턴이 공격해 올 것이라는 것을 말이다. 단지 그 시기가 문제였을 뿐.

“후방은?”

“밀리예프 이스턴 왕국의 국왕이 직접 예비 병력 50만을 준비하고 있사옵니다.”

“거참. 영감이 노망이 들었나. 기어코 전쟁을 일으키고야 마는군.”

베르누크는 마치 탄식하듯이 내뱉었다. 타국의 국왕을 노망난 영감으로 표현함에도 그에 대하여 무어라 반론을 제기하는 이들은 없었다.

동맹국이 아니라 적국이었고, 또한 선전포고조차도 없이 해 뜨는 시간을 이용해 전격적으로 기습을 했으니 폴라리스 왕국의 녹을 받는 귀족들의 입장에서는 노망난 영감이라는 말보다 더한 말을 한다 해도 베르누크를 말릴 수 있는 자는 없었기 때문이었다.

"준비는?"

"적의 1군과 맞서는 아국의 1군의 총사령관은 국왕 폐하이오시며, 적의 2군과 맞서는 아국의 2군은 테레지아 왕비 마마께옵서, 적의 3군과 맞서는 아국의 3군은 제이 브레이커 백작이옵니다."

국왕의 친정이었다. 폴라리스 왕국의 하나의 전통으로 자리 잡아 버린 국왕의 친정. 모든 전쟁에 있어서 가장 앞에서 적에게 돌진하는 국왕의 모습은 이제는 신선하지도 않았다.

거기에 하나가 더 추가되었다. 폴라리스 왕국의 국모마저도 검을 잡고 전장의 가장 앞에서 적진을 향해 돌진하게 되었다.

말 같지도 않고 말도 되지 않은 상황이었지만 폴라리스 왕국의 귀족들은 마치 당연하다는 듯이 고개를 주억거리고 있었다.

"국왕 폐하와 왕비 마마께옵서 친정하시는 동안 왕세자께옵서 왕국의 내치를 담당하실 것이오며, 구데리안 공작이 왕국 내의 치안을, 스토리지 백작이 왕도 방위를, 웹 백작이 왕세자 전하의 안위를 담당하실 것이옵니다."

거기까지 단숨에 말을 한 카림은 잠시 숨을 멈추고 간단하게 목을 축였다. 그리고 계속 후속되는 조치를 언급하였다. 아직도 언급되지 않은 이들이 있었으니 당연한 것일 게다.

"롬멜 백작께서는 이스턴의 서부와 맞닿은 아국의 동부 전선을, 히르센과의 접경 지역은 베인 후작께서 맡아주셔야 합니다."

그에 회의에 참석한 모든 이들은 고개를 끄덕였다. 하지만 아직 카림의 작전 설명은 끝나지 않았다.

"각 군의 연락과 군수물자 지원은 카이시스 대공께서 담당할 것이며, 1군과 2군, 3군은 각 30만의 병력을 유질 할 것이며, 동부의 접경 지역과 남부의 접경 지역은 각 20만의 방어군과 함께 그 양군의 예비대로 바이큰족의 대족장이신 드루실리우스 클레이튼께서 담당할 것입니다."

큰 줄기를 설명한 카림은 이내 각 귀족들의 위치와 직책을 조정했다. 평상시의 조직과 전쟁시의 조직은 다르다. 다를 수밖에 없었다. 내치와 함께 적과 싸워야 하니 당연한 조치였다.

이제 겨우 자국의 상황이 안정되었는데 갑자기 외부의 침략이 있게 되면 분명 수면 아래로 가라앉은 불만 세력이 다시 수면 위로 올라올 수 있었다. 침략해 들어온 이스턴 왕국만큼이나 내부를 단단하게 하는 것 역시 중요하였다.

기반을 다졌다 하나 아직 완벽하게 아물지 않은 상태. 그 상태를 노리고 이스턴이 침략한 것이니 내외로 어려움에 처한 폴라리스 왕국이라 할 것이었다.

더군다나 폴라리스 왕국의 적은 이스턴만이 아니었다. 움직이고 있지는 않으나 히르센 역시 폴라리스 왕국과 적대적인 관계였다. 아니, 어쩌면 공개적으로 적의를 드러내고 공격해 들어온 이스턴보다 더 무서운 적이 바로 히르센 왕국일 수도 있었다.

그러한 또 다른 내재된 적이 있는 한은 전력으로 이스턴 왕국을 상대할 수는 없었다.

지금도 히르센 왕국은 폴라리스 왕국과의 국경 지역을 중심으로 꾸준하게 병력을 증강시키고 있는 판국이었으니 카림의 조치는 가장 이상적인 조치라 할 수밖에 없었다.

"그것은 되었고, 현재 이스턴 왕국이 어디까지 진출했지?"

"중앙의 1군을 중심으로 아국의 캄팔라, 룩소르, 아스완까지 진출해 있사옵니다."

그렇게 말을 하면서 긴 지시봉으로 캄팔라에서부터 아스완까지 주욱 그어보였다. 그러자 마법으로 만들어진 축소된 사판에 붉은색 선으로 하나의 선이 연결되었다.

그 형세가 마치 하나의 지역을 커다랗게 둘러싸고 있는 형태였으니 그 지역은 바로 동부의 골든 타운과 더불어 교통의 요충지라 알려진 아덴 지역이었다.

"이스턴의 첫 번째 목표가 아덴인가?"

"지금 그들이 진격하는 방향을 볼 때 아덴이 확실하옵니다."

"방어선은?"

"현재 빌 더프 자작과 제이슨 챔버스 자작이 10만의 병력을 대동하고 이곳 브리지타운에서 방어선을 형성하고 있사옵니다."

공격해 들어오는 군세가 무려 90만이다. 물론 90만의 병력이 한꺼번에 몰려드는 것은 아니고 축차적으로 공성을 하겠으나, 사람이 버티는 것은 한계가 있는 법이다.

아무리 견고하고 대륙에 존재하지 않는 새로운 양식으로 지은 브리지타운의 트윈 아이언 성이 천혜의 요새라고는 하지만 아홉 배가 넘는 인원을 막아내기에는 부족했다.

"시간은?"

"아군이 도착하는 빨리 진행한다하여도 한 달이옵니다. 하지만 이스턴 왕국군이 브리지타운에 도착하는 시간은 보름에서 20일가량."

"……."

브리지타운이 뚫린다면 아덴은 지척이었다. 적어도 그들이 보름에서 10일을 버텨주어야 한다는 것이었다. 지형적인 이점은 있겠으나 그 지형적인 이점 역시 시간이 지남에 따라 단점으로 작용하게 될 것이었다.

"최대한, 최대한 빨리 출정 준비를 하도록."

"명을 받드옵니다."

모든 귀족들이 전쟁을 준비하기 위해 물러난 시각 베르누크와 카림 그리고 테레지아 왕비, 거기에 왕세자는 여전히 대회의실을 벗어나지 않고 있었다. 귀족이 모두 빠져나가고도 한참 동안 말이 없던 베르누크가 입을 열었다.

"과연 버텨낼 수 있을까?"

"그들을… 믿으시옵소서."

"짐도 믿고 싶네."

"그들은 대폴라리스 왕국의 귀족이옵니다. 결코 쉽게 무너지지 않을 것이옵니다."

빌 더프 자작과 제이슨 챔버스 자작은 과거 농민의 난 때 베르누크가 그 출중함을 보아 기사로 거둔 이들이었다. 기사에서 왕국이 성립되자 남작 위를 거쳐 자작까지 진출한 자들로서 둘은 서로 친우 사이였다.

그것을 모를 리 없는 베르누크였다. 마스터의 기억력은 타의 추종을 불허하니 말이다. 그래서 마음이 더 착잡했다. 그에 베르누크는 뒷짐을 지고 일어서 햇볕이 따스하게 비쳐 들어오는 창가로 다가갔다.

"어떻게든 버텨준다면, 아니 살아만 남아라. 곧 갈 터이니."

둥! 두웅! 둥!

전고 소리가 사방으로 울려 퍼졌다. 울리는 전고 소리가 다만 하나의 방향에서 들려오는 것이 아니라 세 곳의 방향에서 들려오고 있었다. 이곳은 브리지타운으로 향하는 길목인 트윈 아이언 성.

이스턴 왕국군은 그 트윈 아이언 성까지 도착하기에는 이십여 일이라는 시간이 소모되었다.

저항은 없었다. 저항이 없었음에도도 불구하고 이십여 일이라는 시간이 걸린 것은 아무리 적보다 많은 대군이라 해도 적진에 대한 탐색이 미비한 상황에서는 언제 어떤 일이 일어날지 모르기 때문이었다.

지나온 길을 돌이켜 보면 이상하리만치 저항이 없었다. 결국 2군 사령관인 켄들릭 백작은 철저하게 정찰을 하면서 이동하였고, 마침내 3개의 군 중 가장 빠르게 트윈 아이언 성에 도착하였다.

"흐음."

멀리 보이는 트윈 아이언 성을 바라보는 2군 사령관 켄들릭 백작은 이마에 주름이 잡혔다. 무언가 마음에 들지 않을 때 짓는 그 특유의 동작이라 할 것이었다.

“북부에는 참 절묘한 지역이 많군.”

“위치가 절묘하기도 하지만 양쪽의 산을 가로막아 두 개의 성을 연결한 모양이 소장으로서도 처음 봅니다. 한쪽만 공격하자면 공격할 수 있겠으나 다른 한쪽으로부터 옆구리를 강타당할 수 있음이니 실로 만만치 않아 보입니다.”

“으음.”

부사령관인 산도르 자작의 말에 부지불식간에 고개를 끄덕이는 켄들릭 백작이었다. 또한 그 외에도 트윈 아이언 성에는 군데군데 통나무가 산재해 있어 군마가 쉽게 접근할 수 없도록 되어 있었다.

“결국 양쪽을 다 공략해야 한다는 것인데…… . 답답하군.”

“우회하기에는 북부의 산악이 너무 험합니다. 돌아간다면 지금보다 세 배 이상의 시간이 걸릴 것이니 어쩔 수 없지 않겠습니까? 게다가 아직 정보가 많이 부족한 상태이니…… .”

2군의 참모장으로 참여한 마르바쵸프 자작의 딱딱하게 굳은 음성이 흘러나오자, 뒤쪽에 도열해 있던 참모들이나 주요 지휘관들이 고개를 끄덕이며 동조했다.

“하면, 전투 개시는 언제로 했으면 좋겠는가?”

켄들릭 백작의 물음에 트윈 아이언 성과의 거리와 진을 형성하고 있는 부대를 바라본 후 침착하게 답을 했다.

“급속 행군으로 인하여 많이 지친 상태입니다. 아군이 30만이라 하나 견고해 보이는 저 성을 함락하기에는 조금 무리가 있어 보입니다. 차라리 이곳에서 후속군을 기다리는 것이 어떠합니까?"

"삼 일!"

"예?"

"삼 일 후로 맞춘다. 어찌 되었든 본 작이 선봉군이다. 선봉군으로서 이렇다 할 전공이 없음에, 저 앞에 보이는 트윈 아이언 성을 함락하여 아덴으로 가는 길을 열도록 한다."

마르바쵸프 자작의 건의를 가볍게 묵살한 켄들릭 백작이 입을 열었다.

"알겠습니다."

마르바쵸프 자작은 더 이상 반론을 제기하지 않았다. 자신은 참모이지 지휘관이 아니었으니 말이다. 조언을 줄지언정 명령을 내릴 위치가 아니니 말이다.

하지만 그렇다하더라도 전혀 마음의 가책을 느끼지 않은 것은 아니었다. 마르바쵸프 자작은 본능적으로 이번의 공성전이 절대 쉽지 않을 것임을 알 수 있었다.

일단 트윈 아이언 성의 구조가 이스턴이나 히르센이 그 어떤 성과 구조가 달랐다. 첫째 성문이 안 보였다. 성문이 안 보이는 것이 아니라 성문 앞을 돌 벽으로 쌓아서 가려 버렸으니 힘들게 끌고 온 공성 장비가 필요없게 되어버렸다.

물론 그것이 공성을 함에 있어 그것이 문제가 되지는 않는다. 대충 두 배가 넘어가는 병력 상황이니 충분히 승산은 있었다. 그저 곤란할 뿐이었다. 하지만 자꾸 불길한 생각이 들고 있었다.

그리고 마침내 30만의 병력은 트윈 아이언 성 앞에 진영을 꾸렸다. 멀리서 보는 것과는 분명 상당한 차이가 있었으나 병력의 차이가 워낙 심한지라 그렇게 크게 걱정하지 않는 분위기였다.

"항복을 권유해 보게."

켄들릭 백작이 나지막하게 명령을 내리자 이미 준비되어 있었던 듯, 한 기의 기마가 단단한 성벽을 향해 달려가기 시작했다.

기마가 달리기 시작하자, 종군 마법사 중 켄들릭 백작의 부관 중 한 명으로 임명된 마법사가 모래시계를 뒤집었다. 그리고 기마가 성문 앞에 이르자 무언가를 적기 시작했다.

성 앞에 다다른 기사가 두루마리를 펼쳐 항복권유를 시작하였다. 다 읽어 내려간 그 기사를 향해 성 안에서 하나의 두루마리가 떨어져 내렸다. 말에서 내린 기사는 그것을 주워 다시 말을 타고 자신의 진영으로 내달렸다.

진영에 도착한 기사는 켄들릭 백작에게 성안에서 받아온

두루마리를 들어 올렸다.

"이, 이런……."

켄들릭 백작 대신 부사령관인 산도르 자작이 기사가 들어 올린 두루마리를 받아들고 읽어 내려갔다. 그러고는 이내 당혹성 어린 헛바람을 일으켰다.

"무어라 쓰여 있는가?"

당황하는 산도르 자작의 모습에 궁금한 듯이 물어보는 켄들릭 백작이었다. 처음에는 그저 헛바람만 일으키던 산도르 자작의 얼굴이 지금은 벌겋게 달아오르고 있었다.

그에 켄들리 백작은 마치 가로채듯이 산도르 자작의 손에 쥐어진 두루마리를 빼앗아 읽어 내렸다.

[지옥에 온 것을 환영한다. 이스턴 왕국의 리처드 켄들릭 백작이여! 흠, 간지러워서 더 이상 정중하게 못쓰겠군. 한 번 붙어보자, 누가 죽는지.]

단지 그것뿐이었다. 얼굴을 붉힐 것도 말 것도 없는 것이었다. 하지만 귀족의 입장에서 보면 이런 오만방자한 글도 없었다. 정중하게 항복을 권유했거늘 시중잡배의 글이라니.

"……."

참 예의없는 글이었다. 하지만 이내 피식 웃어버린 켄들릭 백작이었다. 하지만 입만 웃고 있을 뿐이었다. 그의 눈빛은 잡아먹을 듯이 트윈 아이언 성을 쏘아보았다.

펄럭!

켄들리 후작의 팔이 들려졌다.

지극히 간단한 동작이었으나 그 동작 하나가 수십만의 생명을 좌지우지하는 전투의 시작을 알리는 신호가 되었다.

"방패 들어!"

둥! 두둥! 두두둥!

뿌우우우우~!

전고가 급박하게 울기 시작했고, 뿔 고동 소리가 사방으로 울려 퍼지며 이스턴 왕국의 병사들은 파비스를 일제히 들어 올렸다.

"공성 병기 앞으로!"

"보병 완보 앞으로!"

그그그그극!

척! 척! 척!

공성 병기가 육중한 소리를 내며 앞으로 전진했고, 그에 맞춰 파비스로 앞을 가린 보병이 한 발 한 발을 조심하며 서서히 트윈 아이언 성 앞으로 돌진해 나가기 시작했다.

이스턴 왕국군은 서두르지 않고 몸 전체를 가리는 방패에 몸을 숨기고 천천히 아주 천천히 앞으로 나아가고 있었다.

그러한 이스턴 왕국군을 날카롭게 바라보고 있는 이들이
있으니 그들은 다름 아닌 트윈 아이언 성을 지키고 있는 폴라
리스 왕국군과 그들을 지휘하는 더프 자작과 챔버스 자작이
었다.

30만의 대군의 위압감은 그야말로 말로 형언할 수 없을 정
도였다. 물론 선발 인원으로 겨우 10만의 병력이지만 그렇다
하더라도 그 전해져 오는 위압감은 어찔 할 수 없을 정도였
다.

그에 더프 자작과 챔버스 자작은 절로 입에서 침음성을 흘
려낼 수밖에 없었다. 하지만 그것도 잠깐.

"확실히 다르긴 다르군."

"그동안 열심히 준비했을 터이니까."

더프 자작의 말에 챔버스 자작이 심드렁하게 말을 받았다.
불퉁하게 말을 받는 챔버스 자작에게 시선을 돌린 더프 자작
의 입이 열렸다.

"무운을 비네."

"자네도."

그 말을 남기고 챔버스 자작은 원래 자신이 있던 곳을 몸을
돌렸다. 각자 맡아야 할 지역이 있으니 말이다. 하지만 그래
도 한결 수월했다. 전면만 수비하면 되니까.

"궁수 앞으로!"

"앞으로!"

"투석기 준비!"

"당겨!"

"마법 준비!"

"준비!"

궁수들이 성벽의 틈으로 다가가 활을 재기 시작했다.

까트트특!

묘한 비틀림이 울리며 성벽 위에 올려진 투석기의 바구니가 당겨지고 병사들은 재빨리 팽팽하게 당겨진 투석기의 빈 바구니에 미리 준비된 사람 머리만 한 돌들을 담기 시작했다.

훈련 받은 대로 병사들은 잘 따라주고 있었다. 두려움도 있었으나 거친 북부에서 자란 병사들이라서인지 지독한 훈련으로 그 두려움을 이겨내고 있었다.

"준비된 궁수로부터 가격 개시!"

"사격 개시!"

더프 자작의 명령에 병사들이 복명복창을 하였고, 이내 굳게 잡아당겼던 활 시위를 놓았다.

쏴아아아!

비 오는 소리가 들려왔다. 하늘을 새까맣게 수놓은 폴라리스 왕국군의 엄청난 수의 화살이 이스턴 왕국군을 향해 날아들었다.

“방패 위로!”

“방패 위로!”

이스턴 왕국 역시 가만히 있지 않았다. 마법이 아닌 이상 군이 마법을 사용할 필요는 없었다. 몸 전체를 가리는 파비스면 충분했다.

투두두두둑!

마치 거북이 모양이 되어버린 이스턴 왕국군의 머리 위로 수만의 화살이 떨어져 내렸다. 하지만 그것으로만 끝이 나지 않았다. 계속되는 폴라리스 왕국군의 화살 공격.

그러함에도 전혀 굴하지 않고 전고 소리에 맞춰 한 발 한 발 앞으로 걸음을 내딛는 이스턴 왕국군이었다.

“준비된 마법사로부터 마법 시전 개시!”

“개시!”

“준비된 투석기로부터 사격 개시!”

“개시!”

“타올라라 마나의 힘이여! 모여들어 대지에 그 모습을 드러내라! 뜨거운 불꽃의 향연! 파이어 붐(Fire Boom)!”

“만물을 감싸 키우는 무한한 대지의 힘이여! 그 위대한 존재를 드러내 앞을 가로막는 모든 것을 폭발시켜라! 대지의 폭발! 락 버스터(Rock Buster)!”

"모든 생명의 근원이자, 생명의 씨앗인 마나의 울림이여! 혼재된 공간에 그 존재함을 알리라! 조화로운 힘! 에어로 붐(Airo Bomb)!"

"하늘과 땅을 오가는 자들이여! 생명의 씨앗을 옮기는 공간의 흐름이여! 너의 위대한 힘을 내게 빌려다오! 바람의 힘! 윈드 토네이도(Wind Tornado)!"

마법이 영창되고 마법이 시전되었다.

그리고 투석기의 빈 바구니에 돌을 모두 채우자 복명복창을 외친 병사 하나가 들고 있던 해머로 힘차게 내려쳤다.

떠어엉!

투우웅! 투두둥! 투웅!

투석기를 고정해 주던 걸쇠를 해머가 때려내는 순간, 웅장한 소리를 내며 수많은 돌들이 하늘 높이 날아올랐다.

"침착! 침착하라!"

"세상을 지배하는 마나의 힘이여! 보이지 않는 손으로 적의 공격을 막아라! 마나의 방패! 프로텍트 프롬 미사일(Protect from Missile)!"

"세상을 지배하는 마나의 힘이여! 보이지 않는 손으로 적의 공격을 막아라! 마나의 방패! 실드(Shield)!"

쿠드드둥! 콰지지직!

마른하늘에 천둥이 치듯이, 실드와 마법 방어막에 가로막힌 바위들은 커다란 소음을 내며 이리저리 튕겨나갔다. 이스턴 왕국군은 지금 폴라리스 왕국군의 공격을 막아내고 있었던 것이었다.

"크흐으윽!"

"버텨! 버텨라!"

"조금만 더! 조금만 더 가면 된다!"

출발은 이스턴 왕국군이 먼저였으나 공격은 폴라리스 왕국군이 먼저였다. 일단은 폴라리스 왕국군이 더 높은 곳에 위치해 있었고, 거기에 활의 성능 역시 폴라리스 왕국군이 더 좋았기 때문일 게다.

이스턴 왕국군은 이미 그것을 알고 있었다는 듯이 이를 악물고 버티면서 한 걸음 한 걸음 트윈 아이언 성을 향해 전진하고 있었다.

마법으로 방어막을 구축하고, 파비스로 거북이 등처럼 단단하며 촘촘하게 엮여진 방어가 상당한 효과를 내고 있었다. 물론 일부 병력은 마법과 쏘아져 오는 돌더미를 견디지 못하고 무너지는 곳도 있었다.

후와아아앙! 콰지지지직!

"으아아악! 공성탑이 무너진다. 피, 피해라!"

"크아아아악!"

"방패! 방패를 들란 말이다!"

공격을 받으며 혹은 공격을 막아내며 이스턴 왕국 군은 계속 전진했다. 그리고 마침내 공성 병기의 사거리와 궁병의 사거리에 도착하자 여지없이 명령이 떨어졌다.

"준비된 궁수로부터 가격 개시!"

"사격 개시!"

"준비된 마법사로부터 마법 시전 개시!"

"개시!"

"준비된 투석기로부터 사격 개시!"

"개시!"

마법과 투석기 그리고 화살이 잠깐 뜸해진 틈을 타 이스턴 왕국군에서도 마법과 화살 그리고 각종 공성병기가 불을 뿜어내기 시작했다. 그리고 이스턴 왕국에서 준비한 마법 병력 역시 만만치 않았는지 보병들 대열에서 동시 다발적인 외침이 터져 나왔다.

"플라이!"

보병들 사이에 몸을 숨기고 미리 준비하고 있었는지 마법사들이 방패수들 사이에서 동시에 날아올랐다. 그리고 일정한 간격을 유지하더니 마법을 영창하기 시작했다.

"몰아치는 마나의 힘이여! 강력한 힘으로 적을 휩쓸어라! 작열하는 번개! 체인 라이트닝(Chain Lightning)!"

"타올라라 마나의 힘이여! 모든 것을 태우는 그대의 힘으로 내 앞의 모든 것을 불태워라! 불의 구체! 파이어 볼(Fire Ball)!"

"몰아치는 마나의 힘이여! 위대한 마나에 저항하는 존재에게 그 미약함을 깨닫게 하고 그 육신을 갈가리 찢어라! 라이트닝 필드(Lightning Field)!"

그와 함께 이스턴 왕국군 진영에서 전고의 소리가 더욱 빨라지고 뿔 고동 소리가 끊이지 않고 길게 이어져 나왔다.

두두두둥! 둥! 둥!

뿌우우우우우우~!

"전구운! 속보오오!"

크고 짧게 그리고 쩌렁하게 울려 퍼진 명령.

"속보오오~!"

"우와아아아아!"

이스턴 왕국의 병사들이 커다랗게 함성을 지르며 트윈 아이언 성을 향해 거침없이 쇄도했다. 파비스와 마법 방어막이 거둬진 상태. 그것은 즉 무방비 상태라는 것을 의미했다.

퍼억!

"허억!"

앞으로 내달리던 한 명의 병사가 주먹만 한 돌을 맞아 머리가 터져 나갔다. 그에 달려 나가던 병사가 헛바람을 일으키며 털썩 주저앉았다. 그때였다. 주저앉은 병사의 목이 피분수를 쏟아내며 허공으로 떠올랐다.

스걱!

툭. 데구르르.

병사의 뒤를 따르고 있던 기사가 가차없이 대열을 흐트러 뜨리는 병사의 목을 날려 버린 것이었다. 무표정한 얼굴로 죽은 병사를 바라보던 기사가 외쳤다.

"절대 대열을 흩뜨리지 마라. 흩뜨리는 자는 즉결 처분이다!"

이스턴 왕국의 병사들은 다시 내달리기 시작했다. 동료인 병사가 넘어지면 밟고 지나갔고, 머리만 한 돌덩어리에 머리가 터져 동료가 죽어나가면 그 시체를 밟고 지나갔다.

이어 이스턴 왕국의 총공세가 시작되었다. 이번 한 번에 모든 것을 결판내고자 하는 그런 의지를 내비치는 2군 사령관 켄들릭 백작이었다. 지금 트윈 아이언 성의 앞은 이스턴 왕국의 병력으로 새까맣게 변해가고 있었다.

수십 명의 폴라리스 왕국의 마법사들이 늘어서 트윈 아이언 성을 향해 쇄도해 오는 적병들을 향해 마법을 난사하고 있었다. 하지만 끊임없이 몰려드는 이스턴 왕국군에 의해 마침내 마나가 고갈되어 하나둘 쓰러지기 시작했다.

"불 붙은 통나무를 굴려라!"

"누가 투석기를 놀리라고 했더냐!"

“활을 쏴라! 활을 쏘란 말이다!”

하지만 폴라리스 왕국의 저항은 끈질겼다. 그 끈질김이 어찌나 지독한지 멀리서 지켜보는 켄들릭 백작과 산도르 자작 모두가 입을 떡 벌릴 수밖에 없었다.

“사령관 각하! 아무래도 후퇴를 해야 할 듯싶습니다. 적이 너무 완강합니다.”

“끄으음.”

그에 인상을 있는 대로 일그러뜨리면서 앓는 소리를 내뱉는 켄들릭 백작이었다. 결코 얕보지 않았다. 그러함에도 불구하고 사상자만 늘어날 뿐, 전혀 진전이 없었다.

“각하!”

“후퇴를… 알리게!”

“명을 따릅니다.”

아무리 병력이 우세하다 하나 첫 공격에 돌로 이루어진 성을 함락하는 것은 무리라는 것을 뒤늦게 깨달았는지 뒤에서 연신 공격을 독려하던 켄들릭 백작이 기어코는 후퇴 명령을 내렸다.

뿌우우우우~!

뿔 나팔이 급박하게 울었다. 그에 성을 향해 진격하고 성벽을 기어오르던 병사들은 뒷걸음질치며 물러나기 시작했다. 그러나 그런 이스턴 왕국의 병사들을 그냥 놔줄 폴라리스 왕국 병사들이 아니었다.

물러나는 와중임에도 불구하고 폴라리스 왕국군은 끊임없이 공격을 시도했고, 그에 이스턴 왕국의 병사들은 끊임없이 죽어나갔다.

"중지! 중지하라!"

마침내 더프 자작과 챔버스 자작의 우렁찬 명령이 내려졌다. 그에 활과 투석기 그리고 마법을 날리던 모두가 서로 얼싸 안고 외쳤다.

"적들이 물러난다!"

"우와아아! 이겼다!"

"우리가 막아냈다!"

이스턴 왕국과 폴라리스 왕국의 첫 전투는 그렇게 끝을 맺었다. 또 언제 저들이 공격을 해올지는 몰랐다. 하지만 살아남았음에, 그리고 30만의 대군을 맞아 승리했음에 그 기쁨을 살아남은 자끼리 나누었다.

콰앙!

"입이 있으면 말을 해보란 말이오!"

이스턴 왕국의 진영.

그곳의 지휘 막사는 지금 찬바람이 쌩쌩 불고 있었다. 물론 전투에서 패한 것은 모두 지휘관의 몫이다. 지휘관의 판단에 의하여 전투가 일어나는 것이니까.

하지만 조금은 자주 그 지휘관을 판단이 잘못되었음에도 불구하고 지휘관을 따르는 하급자가 그 잘못을 뒤집어쓰는 경우가 있다. 지금 이스턴 왕국의 지휘부는 분명 그 꼴이었다.

하지만 아무도 그에 대하여 일언반구도 하지 않았다. 전투에 있어서 지휘관의 권력은 무소불휘 그 자체이니까 말이다. 한참동안을 그렇게 여러 지휘관을 닦달하던 켄들릭 백작은 이내 분을 삭이며 자리에 털썩 주저앉았다.

벌써 5일째다.

30만의 병력이 무려 25만의 병력으로 줄어들 정도로 매일 맹렬하게 공격하였으나 여전히 트윈 아이언 성을 함락하지 못하고 있었다. 이제 얼마 안 있으면 후속군까지 도착할 것이다.

후속군을 기다리지 않고 무리하게 공격했다는 점에서 분명 질책이 있을 것이 뻔하다. 만약 그렇게 해서 성을 함락했으면 모르나 성을 함락하지도 못하고 병력만 잃었다면 지휘관으로서 자질이 없다 할 것이기 때문이었다.

"내일 총공격에 나서겠소. 그리 알고 준비들 하도록 하시오."

다음 날.

이스턴 왕국 제2군은 총공세에 나섰다. 공성무기는 물론이요, 화살과 마법을 총동원하여 트윈 아이언 성을 공격함에 5일간 밤낮 없는 공격을 잘 막아내던 트윈 아이언 성의 한쪽이 기어코 무너져 내리고야 말았다.

"무너졌다!"

"크하하하!"

"돌겨억! 돌격하라~!"

지난 5일간의 피로와 지난 5일간 죽어나간 동료가 눈에 아른거렸다. 그리고 전쟁이라는 광기에 젖어버린 이스턴 왕국의 병사들은 무너진 성벽을 타고 물밀듯이 성안으로 넘어가기 시작했다.

"막아라!"

그러나 피곤하다 하여도 그러한 이스턴 왕국을 그냥 지켜볼 폴라리스 왕국의 병사들이 아니었다. 어차피 이러나저러나 죽는 것은 마찬가지였다. 아니 살아남는다면 오히려 더 치욕일 수 있었다.

북부인은 이스턴 왕국민에게 있어서 그러한 존재였으니까 말이다. 그래서 이를 악물고 악착같이 이스턴의 병사들을 막아서는 폴라리스 왕국 병사들이었다.

하지만 한 손으로 열 손을 막을 수 없음과 막아내는 손보다는 성안으로 들어가는 발이 더 많았다.

"크아아악!"

이스턴 병사들이 찔러대는 창들이 폴라리스 왕국 병사의 복부를 비집고 들어갔다. 폴라리스 왕국 병사의 눈이 옆구리와 복부 그리고 허벅지를 비집고 들어온 이스턴 병사들의 창을 바라보았다.

"이, 이런 씨팔!"

그리고 두 손으로 복부를 찔러 들어온 창을 부여잡았다.

"우와아아악!"

마지막 힘을 짜내 앞으로 달려가는 폴라리스 왕국의 병사. 하나, 괜한 몸부림이었던가. 옆구리를 찔러 들어오던 이스턴 병사의 창이 기어코는 옆구리를 관통해서 반대쪽으로 삐져 나오고야 말았다.

"커허억!"

서걱!

한 줄기의 날카로운 빛이 폴라리스 병사의 목을 스쳐 지나 갔다.

툭!

퍼걱!

그때 이스턴 병사의 등 쪽으로 쇄도해 들어가 둔중한 소리가 들렸다.

"쿨럭. 누, 누가……."

폴라리스 병사의 철퇴였다. 폴라리스 병사는 말이 없었다. 완벽하게 죽이기 위해 들고 있던 철퇴를 들어 재차 이스턴 병사의 머리를 내려쳤다.

"이런 썅!"

빠각!

그런 현상은 사방에서 일어나고 있었다. 한 번 뚫린 트윈 아이언 성의 구멍은 점점 커져서 이제는 성문마저도 점령당하고 그 점령당한 성문으로 이스턴의 병사들이 수도 없이 밀려들고 있었다.

"으야아아!"

그 와중에 점령당한 성문을 혹은 내성으로 들어가려는 이스턴의 병사들을 막아내려는 피칠갑을 한 한 사내가 있었으니 그는 바로 트윈 아이언 성을 5일간 막아내던 더프 자작이었다.

자신을 향해 달려오던 이스턴의 병사를 가볍게 목을 따버리고 또 이스턴의 기사 한 명의 가슴을 꿰뚫고는 그어 올리는 중이었다.

써거걱!

"끄아아악!"

더프 자작에게 덤벼들던 기사가 비명 소리를 내지르며 나가떨어졌다. 더프 자작은 적을 기다리지 않았다. 날아오는 검을 왼손의 방패로 가볍게 막아내고 다시 오른손의 검을 휘둘렀다.

한 명의 기사가 왼 어깨에서 오른쪽 허리까지 붉은 줄이 그어졌다. 그리고 분수처럼 뿜어져 나오는 핏줄기.

"후욱! 후욱! 다음! 다음은 누구냐?"

거칠게 호흡을 가다듬는 더프 자작이었다. 비단 더프 자작만이 아니었다. 더프 자작을 수행하는 기사들 역시 눈이 붉게 충혈된 채로 무기를 지팡이 삼아 몰려드는 이스턴 왕국의 기사를 보며 으르렁거렸다.

더프 자작의 왼쪽에 있는 기사는 한쪽 팔이 어디 갔는지 안 보였고, 우측에 있는 기사는 등과 허벅지에 부러진 화살이 달려 있었다. 그리고 또 한 명의 기사는 옆구리에 살이 뭉텅 잘려져 나갔음에도 불구하고 히죽 히죽 웃고 있었다.

더프 자작과 기사들이 걸음을 옮겼다. 그에 이스턴 왕국의 병사들과 기사들이 저도 모르게 움찔하며 뒤로 물러났다. 개중에 담이 약했던 자는 그 악귀와 같은 모습에 얼어붙어 엉덩방아를 찧으며 나자빠지는 이들도 있었다.

그러한 모습을 멀리서 지켜보는 자가 있으니 그는 다름 아닌 케들릭 백작과 산도르 자작이었다. 그들조차도 멀리서 보기에 그 악귀 같은 모습에 움찔거릴 정도였다.

"베이스퍼 경!"

"부르셨습니까?"

"저자와 저자를 따르는 자들의 목을 가져오게."

"명을 따릅니다."

이스턴 왕국의 기사 베이스퍼 경이 움직였다. 그러한데 그의 모습이 온통 검은색으로 되어 있어 과거 구데리안 공작을 암습했던 흑기사와 모습이 전혀 다르지 않았다.

"나는 윌리엄 베이스퍼라 한다. 그대들에게 죽음의 안식을 주리라."

"미친!"

더프 자작과 그를 따르는 기사들은 위축되지 않았다. 지쳤으나 충분했다. 하나라도 더 많은 목숨을 가져갈 능력 말이다.

그리고.

"타하아압!"

베이스퍼 경의 입에서 기합성이 터져 나옴과 동시에 그의 검에서는 칠흑보다 검은 오러 블레이드가 시전되었다. 아니, 오러 리저넌스라 해야 했다. 하지만 보이는 모양만큼은 분명 오러 블레이드였다.

"위험!"

그에 놀란 기사 중 한 명이 급박하게 더프 자작의 앞을 가로막았다.

서걱!

"클락슨!"

더프 자작이 외쳤을 때 이미 클락슨이라 불리는 기사는 정확히 반으로 갈라지고 있었다.

"우와아악!"

모든 기사가 한꺼번에 흑기사에게 쇄도해 들어갔다. 정상적인 상태에서도 승부를 장담할 수 없음에 한꺼번에 쇄도한 것이었다. 하지만 흑기사는 마치 그럴 줄 알았다는 듯이 거침없이 검을 움직였고, 네 명이나 되는 폴라리스의 기사가 죽음을 맞이했다.

파하아악!

그리고 흑기사의 옆구리에 검붉은 선혈이 튀었다.

"크호호호, 어떠냐? 조금 아프더냐?"

어느새 거리를 벌린 더프 자작이 웃으며 물었다. 네 명의 기사를 희생해 흑기사의 옆구리를 벤 것이었다. 그에 흑기사는 물끄러미 자신의 옆구리를 바라보았다.

그리고는 검을 더프 자작에게 겨누었다. 그와 동시에 더프 자작은 촌각도 지체하지 않고 흑기사를 향해 쏘아져 나갔다. 빛의 속도로 쇄도해 오는 더프 자작을 향해 흑기사의 검이 떨어져 내렸다.

그 순간 더프 자작은 몸을 기괴하게 움직이면서 흑기사의 검을 회피하고는 자신의 방패로 흑기사의 눈을 가리고 자신의 쥐고 있던 금을 쭈욱 뻗어 그대로 흑기사의 품속으로 뛰어들었다. 방어를 도외시한 공격이었다.

하지만 흑기사는 놀라지 않았다. 이미 그 자신이 최상급에 이른 검사이기에 아무리 더프 자작이 상급에 이른 기사라 할지라도 쉽게 당할 정도의 수준이 아니었다.

푸욱!

서걱!

두 개의 소리가 한꺼번에 들려왔다. 그리고 튀어 오르는 검붉은 핏방울.

툭!

하나의 목이 떨어지고 하나의 검이 박혔다. 떨어진 목은 더프 자작이었으며 박혀 있는 검 역시 더프 자작의 검이었다.

똑. 또옥!

흑기사는 옆구리와 복부에 검을 통하여 선혈을 흘리고 있었다. 물끄러미 자신의 옆구리와 복부를 관통한 검을 바라보고 있었다.

"괜찮은가?"

"괜찮습니다."

"쯧, 독한 놈들이로고. 항복을 하면 될 것을."

그때 흑기사의 눈동자가 희번득거리며 자신의 곁에서 죽어나간 더프 자작을 욕하는 산도르 자작을 바라보았다.

"기사를 욕되게 하지 마시길. 그는 주군을 위해 충성한 자였소."

전투는 그렇게 종결되는 듯하였다. 하지만 폴라리스의 병사들은 지독살스러울 정도로 독하고 끈질겼다.

"헛! 식량창고에 불을 놓으려 한다! 막아라! 막아!"

이미 트윈 아이언 성을 접수한 것이나 다름없던 이스턴 왕국의 병사들과 기사들은 남은 잔당을 처리하기 위해 트윈 아이언 성 곳곳을 누비고 다녔다. 그리고 식량창고에 도착하고는 놀라고야 말았다.

"새끼들. 내 죽어도 네놈들 좋은 꼴은 못 보지. 크헤헤"

그렇게 비웃으며 병사는 식량창고에 횃불을 던져 넣었다. 그리고 자신도 그 속을 웃으며 걸어 들어가고 있었다. 무슨 짓을 어떻게 했는지 잠시 잠깐 사이에 작은 횃불은 식량창고 전체를 집어삼키고 있었다.

"저, 저……."

"미, 미친놈!"

"뭘 멍청하게 보고 있나. 어서 불을 꺼! 불을 끄란 말이다!"

기사의 외침에 그제야 정신을 차린 이스턴의 병사들은 부리나케 움직이며 전체로 번지고 있는 식량창고의 불을 끄기 시작했다. 그러나 잠깐 사이에 벌어진 일치고는 너무나 빠르게 번진 불길 탓에 감히 접근하기가 쉽지 않았다.

트윈 아이언 성 전투 종전.

빌 더프 자작, 제이슨 챔버스 자작 외 기사 300명, 마법사 20명, 병사 9만 2천 명 사망.

이스턴 왕국군 기사 892명, 마법사 3명, 병사 13만 사망.

이스턴 왕국군이 승리했으나 전쟁은 이제 시작이었다.

CHAPTER
08
트윈 아이언 성 수복

"트윈 아이언 성이 함락되었사옵니다."

"……."

일순간 베르누크가 있는 지휘부 막사는 정적이 감돌았다. 예상보다 늦어진 행군이 결국 트윈 아이언 성을 지켜주지 못한 것이었다.

"피해 상황은?"

"빌 더프 자작, 제이슨 챔버스 자작 외 기사 300명. 마법사 20명은 전원 사망했으며, 10만의 병사 중 9만 2천 명 사망했으며, 살아남은 대부분의 병사 역시 대부분이 부상자라 들었사옵니다."

10만의 병력 중 겨우 8천이 살아남았고, 귀족과 기사 그리고 마법사는 모두 죽었다. 폴라리스 왕국에 있어서 최초의 패배라 할 것이었고, 거의 완벽한 전멸이라고도 할 수 있을 것이었다.

"거리가 얼마나 남았지?"

"빨리 진행한다면 이틀 거리이옵니다."

"적의 상황은?"

"현재 트윈 아이언 성을 함락한 2군에 3군이 합류한 상태로 총 병력 47만, 기사 7,108명, 마법사 97명으로 파악되고 있사옵니다."

아직 중앙 1군이 도착하지 않았다. 물론 병력의 수도 수겠지만 예상 외로 이스턴 왕국의 중앙을 견제하는 폴라리스 왕국군의 활약으로 인해 행군 속도가 느려진 탓이었다.

"1군에게 전해. 우회하여 이스턴의 왕도로 향하도록 하고, 베인 후작에게 전하여 이스턴으로 진공하도록 하며, 오늘 밤을 기하여 전속력으로 트윈 아이언 성으로 진격할 것이오."

"명을 따르옵니다."

폴라리스 왕국군이 전격적인 진격을 선언하는 그 시각 트윈 아이언 성의 지휘부 역시 시시각각으로 다가오고 있는 폴라리스 왕국의 30만 병력에 대하여 고심하고 있었다.

"우선은 부서진 성벽을 새롭게 정비하여야 할 것이오. 아군보다 적은 30만의 병력이라 하나 그들은 폴라리스 왕국의 병사요. 10만의 병력으로도 병력을 반으로 절단 나게 할 정도로 독한 놈들이니 만만히 봐서는 아니 될 것이오."

먼저 입을 연 것은 역시 트윈 아이언 성을 공격하여 막대한 피해를 입고도 기어코 함락에 성공한 켄들릭 백작이었다. 썩 좋은 인상은 아니었으나 실패한 공성도 아닌 성공한 공성이기에 펠리스 백작 역시 가타부타 별말이 없었다.

"중요한 것은 그들이 언제 도착하느냐인데 말이오."

"정보에 의하면 삼 일이나 사 일 거리라 하오."

"하면, 시간을 조금 더 늘릴 필요가 있지 않겠소?"

"기습을 말하는 것이오?"

"그들은 걸음을 늦추고 아군이 정비할 시간을 벌자면 기습이 가장 좋소."

기습이라는 말에 둘의 대화는 잠시 중단되었다. 귀족으로서 기습이라는 것은 조금 꺼려지는 것임에 틀림없었다. 이곳 트윈 아이언 성을 점령함에 있어서도 물량 공세로 얻어낸 것이었으니까.

어떠한 수도 내지 않고 정면 공격으로 얻어낸 성이기에, 또한 피해가 얼마나 나든지 그것이 치졸한 암수를 통한 것이 아닌 정면 공격으로 함락했음에, 진정 귀족답고 기사답다고 생각하는 펠리스 백작이기에 병력의 손실이 있었음에도 큰 탓을 하지 않았다.

하지만 조금은 비겁하더라도 그것이 얻어낸 성을 잃어버리지 않은 채 진군의 속도가 느려지고 있는 진공군 최고 사령관인 나이젤 후작이 도착하기 전까지 이를 지켜내야 한다는 부담감이 결국 유격전을 통한 기습을 생각하게 한 것이었다.

"하면, 누가 적당할 것 같소?"

"레인저 자작이 어떠하오. 본 관이 보기에는 그가 가장 적당할 듯싶소이다만."

켄들릭 백작이 의미심장하게 웃으며 펠리스 백작에게 건의하였다. 그에 펠리스 백작 역시 켄들릭 백작과 같은 웃음을 짓기 시작했다.

"좋소. 그에게 1만의 병력과 기사 1백, 그리고 마법사 20명을 보내는 것이 어떻겠소."

펠리스 백작의 말에 켄들릭 백작은 고개를 주억거렸다. 밀어줄 바엔 확실히 밀어주는 것이 좋다. 아무리 그가 나이젤 후작의 편에 서 자신들을 감시하는 역할이라 할지라도 병력이 모자라 기습을 제대로 실행하지 못했다고 한다면 나중에 나이젤 후작이 와 질책할 경우 궁색해지기 때문이었다.

"그렇게 하도록 하지요."

"하면, 기습이나 성의 보수를 서둘러야 하겠소이다."

"물론이오."

서로를 바라보며 의미심장하게 웃는 이들. 마치 앓던 이를 뽑아낸 것 같은 표정을 짓고 있었다. 하지만 이들의 결정이 과연 폴라리스 왕국의 발걸음을 늦출 수 있을지는 모를 일이었다.

레인저 자작은 켄들릭 백작과 펠리스 백작의 명령에 따랐다. 충분히 가능성이 있는 작전이었기 때문이다. 어쩌면 함락한 트윈 아이언 성을 지키기 위해서는 반드시 필요한 전략이라 할 수 있었다.

그에 군말 없이 둘의 명령에 따랐다. 1만이 병력으로 기습을 한다는 것 자체가 대단한 힘을 주었기 때문이었다. 소수의 병력으로 30만이라는 병력의 발걸음을 늦추기에는 어렵다는 것을 알기에 선뜻 1만이라는 충분한 병력을 준 것도 기꺼웠다.

지금 레인저 자작이 자리 잡고 있는 곳은 트윈 아이언 성에서 서쪽 방향으로 하루 반나절 거리에 있는 라고스 지역으로 평야 지역에 듬성듬성 산악이 형성된 곳이었다.

말이야 듬성듬성이라고 했지만 북부 지역에 듬성듬성이라는 말은 다른 지역보다 산악지형이 적다는 표현일 뿐이었다. 동부의 이스턴 왕국에 비하면 사방이 산악지형이라고 할 수 있었다.

그렇다는 것은 적의 눈을 쉽게 속일 수 있고, 매복이 용이하다는 것을 의미했다. 실제 방어적인 측면에서 북부의 지형은 최적이라 할 수 있었다. 덕분에 도착하자마자 빠르게 매복을 펼친 레인저 자작이었다.

약간의 매복 이후 상황을 주시하며 탄력적으로 작전을 운용할 계획을 하던 레인저 자작의 결심이었다. 하지만 폴라리스 왕국의 30만 병력은 그에게 그런 생각의 시간을 주지 않았다.

잠시의 휴식 시간도 생각할 시간도 주지 않고 레인저 자작의 귓가로 들려오는 다급한 통신 마법사의 소리.

"제1 매복지점 1킬로미터 전방에 적 1개 군단이 포착되었습니다."

"빠르군. 바로 공격 준비하도록 하고 작전 권역 내에 들어오면 바로 공격을 시작하도록 전하게."

"명을 따릅니다."

그때는 몰랐다. 전혀 예상치도 못했다. 준비는 자신들이 했지, 저들이 한 것이 아니니까. 하지만 약간의 시간이 흐른 뒤 레인저 자작은 자신의 믿을 수 없는 소식을 들어야만 했다.

"그, 급보입니다."

"어허! 무슨 일인가! 차근차근 이야기 해보도록 하게."

헐레벌떡 뛰어오는 통신 마법사를 진정시키는 레인저 자작이었다. 하나, 통신 마법사의 말에 얼어붙을 수밖에 없었다.

"1선 방어지점 다섯 곳 총 3천 명이 전멸 당하고 1선이 붕괴되었습니다."

"……."

그 말을 듣던 레인저 자작은 잠시 멍한 표정이 되었다. 산악 지형에서 3천이란 세 배 이상의 병력이 아니고는 쉽게 전멸당하지 않는다. 그것은 지형적인 이점 때문이라 할 수 있었다.

그런데 적 1개 군단, 즉, 5천 명의 인원에게 겨우 30분도 안 되는 순간에 전멸 당했다. 들어오는 길목을 지형을 고려하여 절묘하게 둘러쌌건만 불과 30분 만에 전멸 당한 것이었다.

"무, 무엇이라 했는가?"

"1, 1선이 무너졌습니다."

"겨우… 30분 만에 말인가?"

"그렇습니다."

"1개 군단 정도를 제외하고는 다른 병력은 보지 못했다고 하던가?"

"그렇습니다."

"끄으응!"

생각보다 빠른 진군에 상상할 수조차 없는 빠른 1선의 전멸. 어떻게 해석해야 하는가? 1개 군단을 적의 첨병이라 보아야 하는가? 아니면 정예라 보아야 하는가?

"그 외 특이 사항은 없던가?"

"그… 것이 가장 선두에 선 자가 체구가 장대하고 거대한 할버드를 휘둘렀다고 합니다."

"장대한 체구에… 할버드라……."

그 말을 들은 레인저 자작은 머리가 뜨끔해졌다. 무언가 강한 무엇으로 머리를 강타당한 후 뜨끈한 무언가가 흘러내리는 것 같은 느낌이었다.

'듣기로는 30만의 적 병력. 하지만 공격을 감행한 적은 5천. 그리고 적국의 국왕이라 예상되는 자. 도대체 어찌 해석해야 되는가?

그때 들려오는 또 다른 목소리.

"2선에 4천의 병력이 적의 1개 군단과 접전 중이라는 보고입니다."

"뭐?"

또 놀라고야 말았다. 불과 30분? 그 정도의 시간이다. 1선과 2선의 사이는 1킬로미터, 즉 1,000미터다. 산악지형에서 1킬로미터가 겨우 10분 만에 돌파할 그런 거리인가?

평지의 10킬로미터와 같은 체감 거리이거늘 그것을 겨우 30분에 돌파하고 다시 4천의 병력이 둘러싼 2선에 도착하여 접전을 벌인다는 것은 대체 무슨 의미일까?

'적과 내통하는 자가 있었던가?

“명령을!”

그와 함께 레인저 자작의 귓가에 들려오는 아련한 함성 소리와 병장기의 부딪히는 소리, 그리고 병사들의 비명 소리. 자신이 있는 본대와 불과 500미터의 거리에 있으니 처음의 아련한 소리가 점점 또렷하게 들려오고 있었다.

“적의 배후를 잡는다.”

“명을 따릅니다.”

2선과 1선 사이의 중심으로 사선으로 양측을 모두 구원할 수 있는 자리에 위치한 본대였기에 2선의 병력과 접전을 벌이고 있는 적의 후미를 잡는 것은 문제도 아닐 것처럼 보였다.

그에 부리나케 움직여 나가던 그들은 이내 멈춰 서야만 했다.

“2선이 무너졌습니다.”

“뭐?”

레인저 자작은 자신의 귀를 의심했다. 아니, 어쩌면 평생 놀라야 할 일을 오늘 하루 동안 다 놀라는 것 같았다. 1선과 2선이 무너진 것이 불과 3시간 이내였다.

‘어떻게 그럴 수가 있지?

순간 드는 의문이었다. 그들이 아무리 대단한 폴라리스 왕국군의 병사들이라 해도 이렇게 빨리 움직일 수는 없는 법이었다. 이곳은 평지가 아닌 산중이었으니까.

또한, 아군은 매복을 하고 있고, 저들은 드러나 있음에도
불구하고 마치 알고나 있다는 듯이 적이 없는 평지를 달리듯
빠르게 진격해 오고 있음에 가진 의문이었다.

그가 멈칫하는 순간 정찰조를 투입했던 전방에서 커다란
함성과 비명 소리가 들려왔다. 그리고 그 함성은 곧 자신이
이치한 곳을 중심으로 둥글게 울려 퍼지고 있었다.

"끄아아아아악!"

"우와아아아!"

"무, 무슨!"

그때를 같이하여 둥글게 원으로 넓게 펴져 수많은 병사가
모습을 드러내고 있었다.

"아차!"

완벽하게 포위당했다. 그제야 레인저 자작은 자신의 실책
을 깨달을 수밖에 없었다. 이곳은 이스턴 왕국의 아니라 폴라
리스 왕국의 진형이라는 것을 말이다.

자신들이 아무리 이곳을 잘 파악했다 해도 이곳을 터전으
로 삼고 있는 폴라리스 왕국의 병사들만큼 잘 알지는 못한다
는 것을 말이다.

뚜걱! 뚜걱!

나무가 혹은 나뭇잎이 밟히는 소리를 내며 산중임에도 불
구하고 편자의 소리가 날카롭게 귓등을 때리고 있었다.

"항복하겠는가?"

"……."

순간적으로 공황상태에 빠진 레인저 자작은 멍한 표정을 짓고 있었다. 레인저 자작의 시선이 향한 곳에는 폴라리스 왕국의 국왕과 비슷한 체구의 사내가 레인저 자작을 바라보고 있었다.

"폴라리스 왕국의 국왕 폐하시옵니까?"

"아니!"

"그럼?"

"형님 폐하는 지금쯤이면 트윈 아이언 성에 도착했을 거야. 화가 많이 났거든."

땅!

머리가 핑 도는 느낌을 받은 레인저 자작이었다. 예상치 못했다. 이렇게 빨리 움직일 것이라고는 말이다. 그래서 조금은 안심을 했다. 이곳에 폴라리스 왕국의 국왕이 있으니 시간을 조금 끈다면 그 시간 동안 성이 안전할 수 있다고 말이다.

한데 이곳에 있는 자는 폴라리스 왕국의 국왕이 아니었다. 비슷한 체구에 폴라리스 왕국의 국왕을 형님 폐하라 부르는 자는 투마왕 제이 브레이커 백작밖에 없었으니.

"투마왕 브레이커 백작입니까?"

"맞아. 시간이 더 필요한가?"

툭!

레인저 자작은 들고 있던 검을 땅바닥에 버렸다. 저항이 무의미하다는 것을 느낀 탓이었다. 우선은 두 번의 전투를 치렀음에도 불구하고 투마왕 브레이커 백작을 비롯하여 그를 따르는 모든 병력들의 얼굴에는 지치고 힘든 표정조차 없었다.

오히려 더욱더 진득한 투기를 내뿜고 있었기에 단 5천 명이라고는 하지만 그 5천의 병력이 단순한 숫자상의 5천의 병력이 아님을 절감한 레인저 자작이었다.

"항복하겠소."

투두두둑!

그 소리와 함께 여기저기에서 자신의 무기를 내려놓는 소리가 들려왔다. 1만의 병력이 불과 5천의 병력에 힘 한 번 제대로 써보지 못하고 꼼짝없이 제압당하고 있었다.

한편 레인저 자작을 기습부대로 편성하고 무너진 성벽을 복구하기에 여념이 없던 트윈 아이언 성에는 날벼락 같은 상황이 펼쳐지고 있었다.

30만의 병력으로 트윈 아이언 성이 포위된 것이었다. 빨라도 너무 빨랐다. 그리고 더 중요한 것은 트윈 아이언 성을 포위한 폴라리스 왕국의 병사들은 결코 기다려주지 않았다.

도착하는 즉시 공세로 이어졌다. 미처 병력을 제대로 배치조차 하지 못한 상황에서 이스턴 왕국의 46만 병력은 우왕좌왕하고야 말았다. 하지만 46만이라는 병력이 결코 작은 병력은 아니었음에 성벽을 점령당하지 않고 버틸 수 있었다.

그러한 이유는 바로 폴라리스 왕국군이 기습에 너무 치중하여 제대로 된 전열을 갖추지 않은 면도 있었고, 또한 병력의 차이에서 오는 면, 그리고 70명에 이르는 마법 전력과 그동안 끊임없이 폴라리스 왕국의 장궁을 따라잡기 위한 노력 덕분이라 할 수 있었다.

특히나 이스턴 왕국의 마법 전력은 폴라리스 왕국의 마법 전력에 뒤지지 않을 정도로 많이 발전해 있었다. 그것은 언젠가는 폴라리스 왕국과 적대적인 관계를 예상한 이스턴 왕국의 엄청난 투자 덕분이었다.

거기에 폴라리스 왕국만큼은 아니어도 이스턴 왕국의 병사들 또한 용맹하기 그지없었다. 아직 완벽하게 성벽을 보수하지도 못한 상태에서 들이닥친 폴라리스 왕국군에 의해 다시금 무너진 성벽에 의지해 버티고 있는 이스턴 왕국의 병사들이었다.

또한 그것이 자신들의 약점이라는 것을 정확하게 파악한 이스턴 왕국의 귀족들은 그 무너진 성벽에 상당한 병력을 할애하고 있었다. 그렇게 성벽을 방어함에 있어 뒤쪽에 마련된 진지를 방패삼아 극렬하게 저항하는 이스턴 병사들이었다.

화르르륵! 퍼어엉!

“마법이다. 피해!”

콰가가강!

“으아아아!”

이미 혼전으로 접어든 상황.

아군을 보호해 줄 마법사는 없었다. 후방에서 지원을 해야 할 마법사들조차도 공성전에 참여하고 있으니 말이다. 이스턴 쪽도 그러하지만 그것은 폴라리스 왕국 또한 마찬가지였다.

그러한 폴라리스 왕국이 진영으로 시뻘건 불덩어리들이 서너 개씩 짝을 날아들었다. 그것은 이스턴의 마법사들 역시 조직적으로 마법을 사용하고 있는 것이었다.

기사들이나 마법사가 아니라면 마법을 막을 길이 없는 병사들은 뛰어 넘던 성벽 아래에 몸을 숨기기에 급급했고, 오뉴월 개구리처럼 이리 뛰고 저리 뛰며 터져 나오는 화염을 피하고 있었다.

“염병!”

그에 베르누크의 입에서는 기어코 육두문자가 튀어나왔다. 우세를 내세울 것이라고는 마법 전력밖에 없었는데 적 또한 만만찮은 마법 전력을 가지고 있으니 답답해 오는 것이었다.

그리고 뜨거운 열기와 함께 고기 타는 냄새가 확 끼쳐 듦에 저도 모르게 육두문자를 내뱉고야 말았다. 짜증이 난 베르누크는 정령을 통해 이스턴 왕국의 마법사들의 위치를 파악하였다.

"야! 너, 너 그리고 너."

"명!"

"따라와!"

베르누크는 주변에 있던 기사들 몇을 지명했다. 전쟁 통에 무슨 무슨 경, 이런 거지 같은 말은 절대 쓰지 않는 베르누크였다. 목숨이 왔다갔다 하는데 말 늘였다가 모가지 따이기 딱 좋기 때문이었다.

"길은 내가 연다!"

"명!"

말이 떨어지기가 무섭게 베르누크는 앞으로 달려 나가기 시작했다. 그리고 그 뒤를 따르는 다섯 명의 기사가 각기 무섭게 빛나는 무기를 움켜쥐고 달렸다.

쐐에에엑!

타라라랑!

베르누크가 달리는 곳에는 여지없이 화살의 비가 쏟아졌다. 체구도 체구지만 베르누크가 달리는 곳을 중심으로 마치 바다가 갈라지듯 날카로운 쐐기 모양으로 길이 열리고 있었기 때문이었다.

거기에 베르누크의 뒤를 따르는 인장기가 문제였다. 폴라리스 왕국의 인장기. 그곳이 있을 곳은 바로 왕이 있는 곳이니까.

쇠아아앙!

화르르륵!

비단 화살뿐만 아니었다. 거기에 더해지는 것이 바로 마법이었다. 화살과 마법을 모두 자신에게로 돌리고 있는 베르누크였다. 자신의 생각대로 되어가는 상황이었다.

하지만 솔직히 성가시기는 했다. 날아드는 화살과 마법은 확실히 성가셨다.

"염병. 눈들은 좋아."

베르누크는 히죽 웃으며 여전히 날아드는 화살을 쳐내고 자신을 향해 날아드는 서너 개의 불덩어리를 바라보았다.

"조심들 해! 다치면 끝나고 매일 특훈이다!"

"명!"

베르누크를 따르는 기사들. 그자들은 구데리안 공작이 고르고 고른 기사들이었다. 어디를 가든 베르누크의 곁에서 단 1미터도 떨어지지 않은 그들. 그러한 그들의 실력이 오죽하겠는가?

하지만 마스터 중에서도 한참을 상회하는 베르누크의 관점에서는 그러한 그들마저도 애들처럼 보였던 것이었다. 그렇게 말을 한 베르누크는 자신의 애병은 할버드를 움켜쥐었다.

그리고 가볍게 숨을 들이쉬었다. 오우거는 고블린을 사냥

할 때에도 최선을 다한다. 베르누크는 날아오는 서너 개의 불
덩어리를 보고 가볍게 숨을 들이쉬는가 싶더니 전방을 향해
날아가는 화살처럼 쏘아져 나갔다.

"타하앗!"

강렬한 외침과 함께 단단하게 거머쥔 할버드가 날아오는
불덩어리를 아래에서 위로 쪼개가고 있었다.

쯔가가가각!

마치 무언가가 쪼개지듯이 쇄도해 들어오던 불덩어리가
좌우로 좌악 갈라져지며 푸시식 소리를 내며 소멸되고 있었
다. 하나를 처리했다. 하지만 날아오는 불덩어리가 하나만 있
는 것은 아니었다.

"흐랴얏!"

하나를 쪼갠 베르누크의 할버드가 또다시 경쾌하게 움직
여나갔다. 하나를 쪼개고 하나를 또 박살 내버리고 다른 하나
역시 네 개로 쪼개지며 그 역할을 제대로 못하고 소멸되고 있
었다.

그때 또다시 펼쳐지는 광범위 마법.

라이트닝 필드.

짜증이 확 치밀어 오르는 베르누크였다.

"염병. 이건 안 쓸려 했는데. 캔슬!"

그에 빠직거리며 범위를 넓혀가던 라이트닝 필드가 사라졌

다. 폴라리스 왕국 병사들은 안전했으나 광범위 마법을 펼치던 이스턴 왕국의 마법사는 피를 토하며 거꾸러지고 있었다.

"커허어억!"

"막아!"

이스턴의 누군가가 외쳤다. 그에 이스턴의 병사들과 기사들은 득달같이 베르누크가 있는 곳으로 쏟아져 들어왔다. 하지만 그들로 막을 수 있는 베르누크가 아니었다.

쿠콰가가강!

"그래 한 번 뒈져 봐라!"

베르누크의 할버드가 사방을 휩쓸었다. 땅이 쪼개지고 장정 대여섯이 들어야 할 바위가 박살이 났다. 베르누크를 향해 달려들던 병사들과 기사들인 한꺼번에 뭉텅이로 커다란 비명을 지르며 목이 날아가고 있었다.

베르누크는 계속해서 성벽을 박차고 튀어나갔다.

거의 수직으로 세워진 성벽을 마치 평지를 달리듯 달려 나가는 것이었다. 그 모습에 경악한 것은 비단 병사들만 아니었다.

"저, 저……."

"막아! 막으란 말이다!"

"궁병! 궁병들은 대체 뭐하는 건가?"

그러한 사이에 베르누크는 이미 무너진 성벽을 넘어서고 있었다. 그것은 베르누크를 따르는 다섯 명의 기사도 역시 다르지 않았다. 그러한 베르누크를 향해 또다시 수십 발, 혹은 수백 발의 화살이 날아들고 마법이 날아들었다.

쯔거억!

"커헉!"

베르누크의 할버드는 가차없었다. 마치 몬스터를 베듯 날아올라 마법사의 가슴을 갈라 버렸다.

너무나도 찰나의 순간.

병사들로 겹겹이 둘러싸이고 곁에 기사들까지 있었건만 그 모든 것이 별무소용이었다. 한 명의 마법사를 죽인 베르누크의 손이 또다시 움직여 갔다. 그의 앞을 가로막는 모든 것을 부숴버릴 듯이.

스가가가가각!

단 한 번의 움직임에 피분수가 일어나며 기사들이든 병사들이든 간에 상관없이 몸과 목이 분리되었다. 그때 정신을 차린 누군가가 외쳤다.

"마법사! 마법사를 보호해!"

그에 급급하게 마법사들은 성벽에서 물러났고, 병사들과 기사들이 인의 장벽을 만들었다. 하지만 그러한 다급한 외침에도 불구하고 또 다른 마법사의 목이 몸에서 분리되고 있었다.

분명 무기는 베르누크의 손을 떠나지 않았다. 하나, 급격하게 후퇴하여 몸을 사리는 마법사의 목이 허공으로 떠오르고 있었다.

"마법사님!"

목이 허공에 떠오르고 그 곁을 지키고 있던 기사가 기우뚱 기울어지는 마법사의 몸을 붙잡으며 외쳤다.

"이런 개새끼!"

그에 기사들은 분노했다. 상대가 누구인지는 알 필요 없었다. 자신이 보호해야 할 마법사가 죽었다는 것이 중요했다. 그에 기사들의 눈에는 분노가 일어 불같이 타올랐다.

"으아아아아!"

비명에 가까울 정도의 커다란 함성과 함께 기사가 베르누크를 향해 전력을 다해 횡으로 베어갔다.

'베었다!'

아주 잠깐 든 기사의 생각이었다. 분명히 허리 아래를 잘라내었다는 느낌이 들었다. 하지만 이내 무언가 뜨끈한 것이 자신의 목을 타고 흘러내리는 것을 느낀 기사였다.

"뭐지……?"

푸화아아악!

한 명의 기사가 몸과 목이 분리되었다.

그것이 시작이었을 것이다, 베르누크의 살육전은. 이것은 전쟁이나 전투라 할 수 없었다. 한 마리의 성난 오우거가 수만 수십만의 고블린 부락을 침탈한 것과 같았다.

피가 내를 이루며 걸음을 질척하게 만들었다. 뼈가 부러지고 뇌수가 흘러나왔으며, 베어진 복부 사이로 내장이 흘러내리고 있었다. 그러한 내장을 꾸역꾸역 집어넣는 자가 있는가 하면 잘려 나간 팔을 찾느라 정신없이 울부짖는 자도 있었다.

이것은 살육이고 도륙이었다. 너무나도 참혹한 전장의 모습에 켄들릭 백작의 얼굴은 더 이상 나빠질 수도 없을 정도로 형편없이 일그러졌다.

"끄으으으으."

"쿨럭, 백작님……."

한 명의 기사가 켄들릭 백작의 곁으로 와서는 뒷말을 잇지 못하고 쓰러져 갔다. 그 기사의 등은 풀 플레이트 메일과 함께 쩍 벌어져 허연 뼈가 드러나 있었다.

켄들릭 백작의 눈에 불이 켜졌다. 죽어간 기사의 모습과 도륙당하는 병사들의 모습에 켄들릭 백작의 손에 힘이 들어가기 시작했다.

"이노옴!"

상대가 폴라리스 왕국의 국왕이라는 것을 알고 있었다. 또한 자신보다 윗줄의 나이임도 알고 있었다. 하지만 켄들릭 백작의 노호성에는 그 모든 것을 뛰어넘는 분노가 서려 있었다.

그에 베르누크의 시선이 켄들릭 백작을 향했다. 이제 베르누크의 앞길을 막는 자는 없었다. 지극한 공포가 앞으로 나아가기보다는 본능적인 뒷걸음질을 강요하고 있었기 때문이었다.

베르누크는 무심한 얼굴로 켄들릭 백작이 있는 곳으로 걸음을 옮겼다.

"쯧."

가볍게 혀를 차는 베르누크였다. 자신도 알고 있었다. 자신이 너무 과하게 손을 썼다는 것을 말이다. 하지만 그러지 않을 수 없었다. 그에 노한 켄들릭 백작이 보였다.

베르누크와 켄들릭 백작의 대치에 끼어드는 이는 없었다. 아니, 켄들릭 백작의 입장에서 자신의 노련한 감각과 시선 속에는 오직 베르누크라는 폴라리스 왕국의 국왕만이 존재했다.

"난 대이스턴 왕국의 리처드 켄들릭 백작이다."

분노와 살기가 뒤엉킨 외침이 베르누크에게로 전해졌다.

"나? 폴라리스의 국왕."

그것으로 끝이었다.

순간 켄들릭 백작은 손끝에서부터 발끝까지 뇌전이 관통하는 듯한 짜릿함과 함께 온몸의 힘이 한꺼번에 쭈욱 빠져나가는 것 같은 느낌이 들었다. 예상하고 있었지만 직접적으로 다가온 현실은 너무도 잔인했기 때문이었다.

"비록 적이고 전장이라지만 그대의 손놀림이 너무 과하다 생각하지 않소."

적국의 국왕에 대한 예우는 없었다. 켄들릭 백작은 그저 적국의 기사로만 인정하고 있을 뿐이었다.

그에 베르누크의 시선이 켄들릭 백작이 가리키고 있는 곳으로 향했다.

시산혈해.

베르누크가 지나왔던 곳은 시체가 산을 이루었다. 또한 온전한 모습을 한 시체는 없었다. 모두가 찢기고 절단당하거나 혹은 머리가 함몰되었고, 사분오시 당해 있었다.

한마디로 인간의 모습이 아닌 하나의 육편쪼가리에 지나지 않았다. 시신을 제대로 건질 수조차 없을 지경.

부웅! 쿠웅!

그에 베르누크는 할버드를 크게 휘두른 후 자신의 옆으로 할버드의 끝을 박아 세웠다.

"쯧, 전쟁에는 적이 있을 뿐. 적에게 베풀 인정 따위는 없다."

"무엇이!"

베르누크의 말에 켄들릭 백작은 발끈했다. 하지만 베르누크의 말은 아직 끝나지 않았다.

"주변을 보라!"

베르누크의 마음을 울리는 듯한 목소리에 켄들릭 백작은 주변을 훑어보았다. 이미 보수하지 못한 성벽은 폴라리스 왕국의 병사들이 장악하였다. 그리고 희미하게나마 멀리서 성문이 뚫렸음을 외치는 소리가 들려왔다.

근 70에 이르던 마법사는 어디 갔는지 제대로 보이지도 않았고, 기사들의 풀 플레이트 메일과 잘 버려진 검은 날이 무뎌져 있었다. 그들의 얼굴은 피곤으로 절어 있었고, 풀 플레이트 메일은 여기저기 찌그러져 있고, 찢어져 있었다.

그리고 점령당한 성벽과 성문을 통해 폴라리스 왕국군이 물밀듯이 짓쳐들어오고 있어 46만의 병력으로도 감당할 수 없을 정도였다.

"나를 중심으로 기사들과 마법사들이 있지 않은가? 나의 앞에 적군의 지휘관이 있지 않은가? 나의 과한 손속에 그대들의 병사들과 기사들 그리고 마법사들이 움츠러들고 있지 않은가?"

"……"

베르누크의 말에 입을 다물어 버린 켄들릭 백작이었다. 실제 그러했다. 중요하다고는 했으나 모든 병력이 이쪽으로 몰리지는 않았다. 그런데 어느 순간 모든 기사와 마법사들이 이쪽으로 몰렸다.

또한 어느 순간 펠리스 백작도 보이지 않았다. 기사와 병사들은 공포에 젖어 저도 모르게 뒷걸음치고 있었으며, 마법사들은 어떻게 죽는지도 모르고 죽을지 모른다는 두려움에 움츠러들어 마법을 제대로 시전하지도 못했다.

"끄으음."

인정하지 않을 수 없었다.

전장에 선 적국의 왕.

전장에서 무한의 공포를 행사한 적국의 기사.

까드득!

하지만 다른 모든 이들이 인정한다 해도 자신은 인정할 수 없었다. 자신은 이스턴 왕국의 귀족이자 폴라리스 진공군의 제2군 사령관이니 말이다. 그에 반드시 눈앞의 적국의 국왕을 죽인다는 의지를 불태우며 검을 고쳐 잡았다.

"그대의 발언을 후회하게 해주겠소."

"기개가 있군."

그 말뿐이었다.

냉랭하게 굳은 베르누크의 얼굴은 그 어떠한 감정도 드러나지 않았다. 그것은 마치 해볼 테면 해보라는 듯이, 얼마든지 해보라는 듯이. 그 모든 것을 다 받아줄 수 있다는 오만의 극치처럼 보였다.

켄들릭 백작이 잡은 검에서 유백색은 오러가 치솟아 올랐다. 오러 리저넌스였다. 그리고 울려 퍼지는 공명음.

후우우웅!

그와 함께 켄들릭 백작은 베르누크를 향해 쇄도해 들어갔다.

콰카가강!

불똥, 아니 마나의 불꽃이 사방으로 튀면서 쇠끼리 부딪치는 소리라 할 수 없는 엄청난 굉음이 전장에 울려 퍼졌다.

"타하압!"

첫 격돌에서 우위를 잡지 못한 켄들릭 백작은 다시금 상체를 비틀며 검을 휘둘렀고, 베르누크는 그 검을 막아갔다.

까아앙!

다시 울려 퍼지는 강력한 충돌음.

"흐으으음."

백중지세.

남들이 보기에는 분명 백중지세였다. 일국의 왕이 최상급의 경지에 올랐다는 것은 실로 대단한 사실일 것이다. 하지만 이스턴과 히르센에 알려진 베르누크의 나이트 킹이라는 위명에는 못 미치는 모습.

또한 지금 성벽을 타고 올라오며 병사들과 기사들 그리고 마법사들을 잡초 제거하듯 제거하던 모습과는 또 다른 모습이었다. 베르누크의 할버드에는 오러 리저넌스는커녕 오러조차 시전되어 있지 않았기 때문이었다.

때문에 베르누크와 직접 부딪힌 켄들릭 백작은 놀라고 있었다.

'분명 오러는 아니다. 그렇다고 무기의 이점 또한 아니다. 무엇인가?

마스터에는 미치지 못해도 이미 최상급 중 최상급인 자신이 아니던가? 그러한 자신이 오러를 단지 무기의 위력만으로 막아내는 것인지 또한 그 무기에 오러가 시전되었는지 모를 리 없었다.

그러한 생각을 하자 켄들릭 백작은 신중해졌다. 무언가 다른 것.

'혹시 마스터? 소문이 사실이었던가?'

그 외에는 달리 생각할 수 없는 상황이었다. 켄들릭 백작은 크게 심호흡을 해 몸과 마음을 가다듬었다. 그리고 베르누크를 바라보았다. 여전히 물처럼 고요하게 할버드를 늘어뜨린 채 서 있는 베르누크였다.

"크하아아압!"

크게 소리를 지른 켄들릭 백작이 검을 풍차처럼 돌리며 베르누크를 향해 쏘아져 갔다. 베르누크는 마치 기다렸다는 듯이 켄들릭 백작의 검을 맞아들였다.

또다시 일합이 지나갔다. 켄들릭 백작의 얼굴이 다시 찌푸려졌다.

'철벽을 두드리는 것 같군.'

전혀 흔들림이 없어 보이는 폴라리스의 국왕. 진정 철벽을 두드리는 듯 일합의 부딪힘 뒤에 오는 것은 저릿한 손아귀였다. 그에 내심 은근히 부아가 치밀어 오르는 켄들릭 백작이었다.

"그래. 어디 이것도 막아내나 보자! 차하아앗!"

켄들릭 백작이 날아올랐다. 단지 날아오르기만 하는 것이 아니라 날아오름과 동시에 무기에 힘을 실어 도끼로 찍어 내리듯 한 것이었다.

콰아아앙!

또다시 천둥이 치는 듯한 폭발음이 터져 나오며, 쇄도하던 켄들릭 백작의 신형이 들어갈 때보다 빠르게 튕겨져 나오고 있었다. 손아귀가 찢어져 오히려 손해를 보는 것 같은 느낌에 낭패감이 들었다.

"크으음!"

기어코는 튕겨져 나오며 바닥에 착지한 켄들릭 백작의 입에서 가래 끓는 듯한 신음 소리가 흘러나왔다.

"후욱!"

켄들릭 백작은 숨을 짧게 내쉬었다.

"타하!"

다시 뛰어 베르누크에게 쇄도해 들어가는 켄들릭 백작이었다.

카라라라랑!

정신없이 이어지는 공수에 끊임없이 들려오는 쇳소리.

켄들릭 백작의 검이 눈에 보이지 않을 정도로 빠르게 그리고 쉴 새 없이 사방을 점유하며 내려쳐졌고, 베르누크는 침착하게 그리고 아주 냉정하게 그러한 켄들릭 백작의 검을 하나 하나 정확하게 쳐내고 있었다.

"크랴하!"

자신의 검이 막혀서인지 연신 커다란 소리를 지르면 스스로의 기운을 북돋은 켄들릭 백작은 잠깐 뒤로 물러나는가 싶더니 이내 한 바퀴 크게 돌면서 검을 수평으로 그어갔다.

까아아앙!

또다시 들려오는 날카로운 쇳소리.

"이제 그만 끝을 내야 하겠군."

날카롭지도, 귀를 멍멍하게 할 정도로 커다란 소리도 아님에도 불구하고 그 순간 켄들릭 백작의 귓가에 베르누크의 음성이 맴돌았다.

쾌에에엑!

그때 들려오는 귀를 찢어버릴 정도의 날카로운 소리.

"허엇!"

부지불식간에 검을 막아가는 켄들릭 백작.

까아앙!

막혔다. 아니 켄들릭 백작은 날아오는 할버드의 날카롭게 벼려진 도끼날을 막았다.

가가가가가각!

헌데 한 손으로 버텨낼 수 없었다. 그에 또 하나의 손으로 검병을 잡고 힘을 썼다. 검의 날과 할버드의 도끼날이 갈리는 소리가 들려왔다. 그리고 점점 내려오는 할버드.

"끝이라고 했다."

콰하아악!

그 소리와 함께 서서히 내려오던 베르누크의 할버드의 속도가 갑자기 빨라지더니 무언가 붉은 빛을 내며 켄들릭 백작의 정수리에서부터 사타구니까지 여지없이 훑고 지나갔다.

부우웅!

베르누크는 할버드를 크게 한 바퀴 돌려 할버드의 끝을 성벽의 바닥에 박았다.

베르누크를 바라보는 켄들릭 백작의 눈동자는 더 이상 커질 수 없을 정도로 크게 뜨여져 있었다. 마치 믿을 수 없다는 듯한 그러한 표정이었다. 그리고 의문이 가득한 그런 표정이었다.

"오러 블레이드라는 것은 그저 힘의 낭비이고 과시일 뿐. 전장에서 힘의 낭비와 과시는 죽음과 연결되지."

베르누크의 말에 그제야 알겠다는 듯이 입술의 한쪽 편이 살짝 말아 올라가는 켄들릭 백작이었다. 그리고 그러한 켄들릭 백작의 검이 무언가에 잘린 것처럼 날카롭게 잘려 나갔다.

채에엥!

잘린 켄들릭 백작의 검이 성벽에 떨어지며 요란한 소리를 내었다. 그에 켄들릭 백작의 정수리에서부터 사타구니까지 정 가운데로 자그마한 혈선이 생기기 시작했다.

아주 미세하게 시작된 혈선이 내비치다 이내 혈선에서 핏방울이 비집고 나왔다.

쩌어억!

푸화아아악!

죽었다.

이스턴 왕국의 폴라리스 왕국 진공군 제2군 사령관 리처드 켄들릭 백작이 죽었다. 베르누크는 잠시 비릿한 피 냄새를 풍기며 죽어간 켄들릭 백작을 일별한 후 앞으로 걸어갔다.

길이 열렸다.

그 누구도 베르누크의 걸음을 막는 이는 없었다. 트윈 아이언 성의 전투는 이미 끝나 있었다. 46만의 병력이 30만의 병력을 이겨내지 못하고 지형적인 이점도 살리지 못한 채 끝이 나 있었다.

성벽은 무너지고, 곳곳이 마법으로 인해 불타오르며 검은 연기가 솟아오르고 있었다. 또한 진득하고 비릿한 피 냄새를 맡았는지 하늘에는 검은색의 까마귀가 빙글빙글 돌며 인간 때문에 차마 내려오지 못하고 기회를 엿보고 있었다.

펠리스 백작은 다가오고 있는 폴라리스 왕국의 국왕을 바라보고 있었다.

이미 주변에서 싸우던 기사들은 모두 사로잡히거나 죽임을 당해 쓰러졌고, 싸우는 소리들은 점점 줄어들어 산발적으로만 울려오고 있었다.

'끝난 것인가.'

펠리스 백작의 생각대로 전투는 이미 끝난 것이었다.

패배.

그 두 글자가 펠리스 백작의 몸에서 힘을 빠지게 만들었다. 불현듯 자신의 손에 들려진 검과 방패를 바라보는 펠리스 백작이었다.

방패의 귀퉁이 몇 군데가 잘려 나가고 없었다. 중심을 비롯한 몇 군데 역시 찌그러지고 패였다. 오른손에 들고 있던 검날은 이가 군데군데 빠져 있었고, 중심을 따라 패인 혈조에 핏물이 가득하여 아직도 검첨을 따라 핏방울이 떨어져 내리고 있었다.

풀 플레이트 메일 역시 너덜너덜 해어져 있었고, 깔끔하게 빗어 넘겼던 머리는 핏물과 땀이 엉겨 있어 찐득찐득하게 달라붙고 있었다. 그러한 자신의 모습에 괜히 웃음이 나는 펠리스 백작이었다.

그때 하늘에서 비가 내리기 시작했다.

어제 저녁부터 꾸물꾸물하더니 기어코는 빗방울이 떨어져 내리기 시작한 것이었다.

투둑!

투두둑!

툭! 툭!

쏴아아아아.

왠지 모르게 시원하다는 생각이 드는 빗방울이었다.

"덤비겠는가?"

어느새 다가왔던가? 폴라리스 왕국의 국왕인 베르누크가 펠리스 백작의 지척까지 다가와 있었다. 그 또한 점점 그 강도가 심해지는 빗방울을 맞으며 펠리스 백작을 바라보고 있었다.

베르누크 정도 되는 기사라면 혹은 실력이라면 몸에 마나를 둘러 떨어지는 빗방울을 튕겨낼 수도 있었을 것이다. 하지만 왠지 오늘은 베르누크는 그렇게 하지 않았다.

"덤빈다면 살려주겠소?"

"그건… 전장에 나선 기사로서 예의가 아니지 않은가?"

베르누크의 말이 맞았다.

전장에 나선 기사는 전장에서 죽어야만 했다. 승리하지 않는 이상은 말이다. 하물며 영지전도 그러한데 왕국간의 전쟁에 있어서야 어떠하겠는가?

그에 펠리스 백작의 신형이 허물어져 내렸다.

철퍼덕.

"항복하겠소."

"훌륭한 판단이오."

둘만의 대화였으나 모양은 둘만의 대화가 아니었다. 트원 아이언 성의 살아남은 모든 이가 지켜보고 있었다. 한두 방울 떨어져 내리던 빗방울은 이제 숫제 하늘에 구멍이 뚫린 것처럼 내리고 있었다.

켄들릭 백작이 처참하게 죽고, 유일한 사령관인 펠리스 백작이 장대처럼 쏟아지는 우중에 무릎을 꿇었다. 더 이상의 전투는 없었다. 이미 베르누크의 무시무시한 전투력에 사기가 있는 대로 떨어졌다.

그리고 악착같이 쏟아져 들어오는 폴라리스의 병사들의 지독함에 치를 떨었다. 그에 더 이상의 전투가 없음에 이상한 안도감을 느끼며 이스턴 왕국의 병사들은 그들이 가지고 있던 무구를 바닥에 던졌다.

그것은 비단 병사들만이 아니었다.

기사들도 마찬가지였다. 기사들은 몸을 한 차례 부르르르 떨고야 말았다. 그것은 바로 베르누크와 그를 따른 기사들의 용맹함에 기가 질린 상태였으니 병사들보다 더 호전적이 그들이 지체없이 무기를 버렸음에 병사들은 오죽하겠는가.

그러한 생각에는 이스턴 왕국의 종군 마법사로 전투에 참여한 마법사들 역시 다르지 않았다. 그들은 지금 마나를 소진해 그 허탈감에 손가락 하나 꼼짝할 수 없는 상태였다.

원래 마법사는 마나를 다 사용하지 않는다. 심장에 쌓인 마나가 다 사용했을 때 찾아오는 그 지독한 공허함 때문이었다.

그런데 이번 한나절 동안 이어진 전투에서 그들은 심장에 쌓여 있는 마나 한 톨까지 끌어다 사용하였다.

지금 그들은 손가락 하나 까딱일 힘조차 없었다. 오히려 폴라리스 병사들이 그들의 그러한 모습을 불쌍하게 여길 정도였으니 말이다.

쏟아져 내리는 비를 맞으며 우두커니 서 있는 베르누크의 곁으로 카림이 다가왔다. 그의 손에는 예의 커다란 우산이 들려져 있었다. 하지만 카림 역시 그 우산을 쓰지 않고 그저 걸어오고 있었다.

그리고 말없이 베르누크의 옆에 섰다.

둘은 말없이 한동안 그렇게 비를 맞으며 서 있었다. 전장이 정리될 때까지 우산도 쓰지 않고 쏟아져 내리는 비를 맞으면서 말이다. 베르누크를 호위하는 기사들 역시 마찬가지였다.

동이 틀 무렵.

전장 정리가 끝이 났다.

폭우는 아직도 계속되고 있었다.

"전장 정리가 끝났사옵니다."

한 명의 기사가 다가와 베르누크에게 아뢰었다.

그제야 비로소 고개를 돌린 베르누크는 카림에게 일렀다.

"위령제를 준비하게."

"명을 따르옵니다."

“가장 크고 가장 화려하게.”

“이를 말씀이시옵니까.”

카림과 기사들이 물러났다.

베르누크는 비가 쏟아져 내리는 하늘을 올려다보았다. 잔뜩 흐리고 시꺼먼 구름으로 가려진 하늘. 베르누크가 바라보는 그 하늘은 마치 이곳에서 죽은 수많은 원혼의 얼굴과 같았다.

“좋은 날 울면 안 되지. 훗날 나 죽으면 그대들의 원통함까지 함께 지고 지옥의 불구덩이 속에 빠져들겠네. 그러하니 부디 진정하게들.”

굵은 빗방울이 여전히 따갑도록 베르누크의 얼굴을 때렸다. 누구에게 하는 말인지는 모르겠으나 베르누크는 여전히 하늘을 올려다보고 있었다. 하지만 베르누크의 독백에는 지독히도 씁쓸함과 공허함이 감돌고 있었다.

『나이트 킹』 7권에 계속…

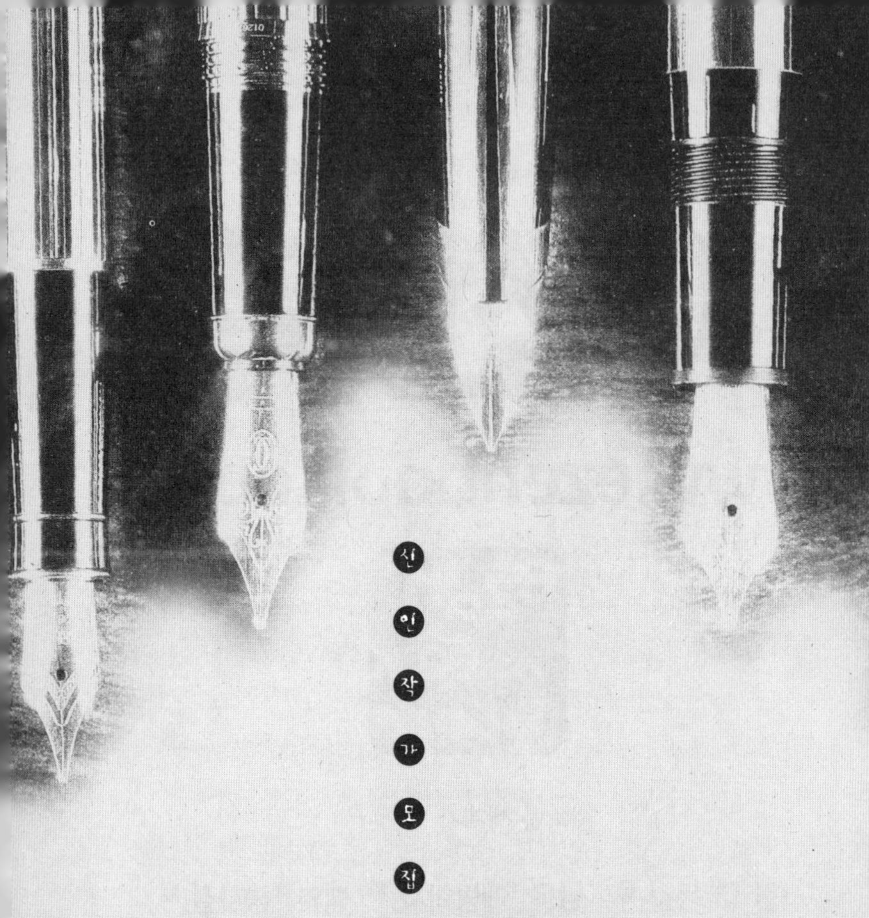

신
인
작
가
모
집

시작이 반이라고 했습니다.
작가의 길에 대한 보이지 않는 벽을 과감히 깨뜨리십시오!
청어람은 작가 지망생 여러분들의
멋진 방향타가 되어드리겠습니다.

저희 도서출판 청어람에서는
소설 신인 작가분들을 모집합니다.
판타지와 무협을 사랑하시는 분들의 많은 참여를 바랍니다.
소정의 원고(A4용지 150매)를 메일이나 우편으로 보내주시면
검토 후 출판 여부를 알려드리겠습니다.

주소: 경기도 부천시 원미구 심곡2동 163-2 서경B/D 2F 우편번호 420-822
TEL:032-656-4452 · FAX:032-656-4453
http://www.chungeoram.com
e-mail:chungeoram@chungeoram.com

이문혁 장편 소설
FUSION FANTASTIC STORY

-BONG CENTER-
PURSUER
퍼슈어

**「난전무림기사」, 「마협 소운강」의 작가 이문혁
그가 그려내는 현대물의 신기원!**

서울 서초구 고층 빌딩 사이에 존재하는
아는 사람만 아는 미지의 건물 봉 센터.
베일에 쌓인 그곳에 오늘도
정보에 목마른 자들이 왕래한다.

정계의 비밀부터 국가 기밀까지.
흑은 사회를 떠들썩하게 만든 사건의 정보까지!
원하는 모든 것을 찾아주나,
아무나 그곳을 찾을 수는 없다!

**그대여, 이런 현대물을 본 적이 있는가!
이 세상의 어둠 속에서 숨 쉬는
또 다른 세상의 이면을 즐겨라!**